SABINE STÄDING

JOHNNY SINCLAIR

Weitere Titel der Autorin:

Magnolia Steel – Hexendämmerung

Magnolia Steel – Hexenflüstern

Magnolia Steel – Hexennebel

Anna und die flüsternden Stimmen

Petronella Apfelmus – Verhext und festgeklebt

Petronella Apfelmus – Zauberschlaf und Knallfroschchaos

Petronella Apfelmus – Schneeballschlacht und Wichtelstreich

Petronella Apfelmus – Zauberhut und Bienenstich

Petronella Apfelmus – Hexenbuch und Schnüffelnase

Petronella Apfelmus – Schnattergans und Hexenhaus

Petronella Apfelmus – Mein weihnachtliches Back- und Bastelbuch

Petronella Apfelmus – Überraschungsfest für Lucius

13 Weihnachtstrolle machen Ärger

SABINE STÄDING

JOHNNY SINCLAIR

Geisterjäger

Die Gräfin mit dem eiskalten Händchen

Mit Illustrationen von Mareikje Vogler

BAUMHAUS

Für Philipp und Marvin! Der Gerechtigkeit halber.

MIX
Papier aus verantwortungsvollen Quellen
FSC® C014496
FSC www.fsc.org

Dieser Titel ist auch als E-Book erschienen.

Originalausgabe

Umschlaggestaltung: Mareikje Vogler/Götz Rohloff
Umschlagmotiv: Mareikje Vogler, Hamburg
Layout und Satz: Götz Rohloff – Die Buchmacher, Köln
Gesetzt aus der Fabiol
Druck und Einband: GGP Media GmbH, Pößneck

Printed in Germany
ISBN 978-3-8339-0568-1

5 4 3 2 1

Sie finden uns im Internet unter www.baumhaus-verlag.de
Bitte beachten Sie auch www.luebbe.de

1. Kapitel

Ab in den Urlaub

Geisterjäger Johnny Sinclair stand in der Bibliothek und sah aus dem Fenster. Dichter Nebel waberte um die Burgmauern von Greyman Castle und kündigte den schottischen Winter an.

Mr Hopps, der alte Hausmeister, tauchte wie ein Schatten im Burghof auf und wurde gleich wieder vom Nebel verschluckt.

»Ganz schön dicke Suppe da draußen!«, sagte Johnny zu dem Totenschädel, der neben ihm auf einem Lesepult saß und in alten Aufzeichnungen las.

»Ab morgen soll es regnen!«, brummte der Schädel, ohne von den vergilbten Seiten aufzublicken. Erasmus von Rothenburg war Magier und Alchemist, was so ziemlich dasselbe war. Dummerweise war ihm sein Körper vor langer Zeit durch einen Zauber abhandengekommen. Seitdem war er auf der Suche nach einer Rezeptur, mit deren Hilfe sich die Sache wieder rückgängig machen ließ.

Über Johnnys Gesicht huschte ein Lächeln. »Du errätst nie, was Dad uns vorhin erzählt hat.«

»Muss ich auch nicht«, knurrte der Schädel. »Spätestens in zwei Sekunden erzählst du es mir von selbst. Wetten?«

»Stimmt! Wir fahren über Weihnachten nach Österreich.«

»Ihr macht Urlaub?«

»Na ja, eigentlich besuchen wir bloß ein paar Verwandte. Schloss Tattenberg feiert sein fünfhundertjähriges Bestehen. Und dazu wurde die gesamte Verwandtschaft eingeladen. Es kommen fast zweihundert Leute. Da fällt bestimmt nicht auf, wenn Russell und ich uns zum Snowboarden verdrücken.«

Russell Moore war Johnnys bester Freund und bisher einziger Mitarbeiter seiner Geisterjägeragentur.

»Er ist fast ausgeflippt, als ich es ihm am Telefon erzählt habe!«, grinste Johnny.

»Das kann ich mir vorstellen«, meinte Erasmus. »Fragt sich bloß, ob seine Eltern vor Freude genauso ausflippen werden. Bist du sicher, dass sie ihn überhaupt mitfahren lassen?«

»Klar lassen sie ihn fahren. Die Tattenbergs gehören zu Österreichs ältestem Adelsgeschlecht. Russells Eltern stehen auf so was.«

»Der Name Tattenberg sagt mir was«, überlegte Erasmus laut. »Ich glaube, es gab da mal einen Hofnarren ... Wie hieß er doch gleich? Er war ein helles Köpfchen. Wir haben das eine oder andere Mal miteinander korrespondiert.«

»Keine Ahnung, wie er hieß«, erwiderte Johnny. »Aber das kriegst du schon noch raus. Ich muss dich jetzt leider allein lassen. Mathehausaufgaben ... Mrs Brodie will sie morgen kontrollieren.« Und mit diesen Worten verließ der junge Geisterjäger die Bibliothek.

Den ganzen Abend bekam Johnny das Grinsen nicht aus dem Gesicht. Daran konnten auch die Mathehausaufgaben nichts ändern.

Und es wurde noch eine Spur breiter, als er am nächsten Morgen den Regen gegen die Fensterscheibe prasseln hörte.

»Da wird einem doch gleich ganz weihnachtlich zumute«, sagte Cécile, Johnnys Kindermädchen. Weil seine Eltern als Ethnologen oft auf Forschungsreise waren, hatten sie Cécile eingestellt, um auf ihren Sohn aufzupassen. Johnny war zwar der Meinung, dass er für ein Kindermädchen entschieden zu alt war, trotzdem wäre es ohne Cécile auf der riesigen Burg viel zu einsam und auch viel langweiliger gewesen.

Wie jeden Tag fuhr sie ihn auch an diesem Morgen mit dem Auto zur Schule. Sie öffnete ihm die Beifahrertür und setzte sich selbst ans Steuer des alten Bentleys.

»Du kannst es dir ja noch mal überlegen«, schlug Johnny vor, als sie rasant die geschwungenen Straßen nach Blacktooth hinunterfuhren. »Mum und Dad haben ganz sicher nichts dagegen, wenn du mit nach Österreich kommst. Ich könnte dir beibringen, wie man Snowboard fährt.«

Cécile lachte gutmütig. »Sehr freundlich, aber ich hasse Schnee! Und davon gibt es in Tirol mehr als genug. Wenn du mir einen Flug nach Haiti spendiert hättest, hätte ich sofort meine Koffer gepackt. Aber so bleibe ich lieber hier und hüte die Burg. Mein Bruder kommt mich über Weihnachten mit seiner Familie besuchen. Und Mrs Adams ist ja auch noch da.«

Mrs Adams arbeitete als Köchin auf Greyman Castle und machte die besten Muffins in ganz Schottland. Das fand zumindest Johnny.

Der Bentley rumpelte über die kopfsteingepflasterte Brücke nach Blacktooth und hielt gleich darauf vor dem schmiedeeisernen Schultor an. Johnny stieg aus und warf sich seinen Rucksack über die Schulter.

»Bis später!«, sagte Cécile. »Ich fahre noch schnell an der Wilson Farm vorbei. Mrs Wilson möchte, dass ich ihre Warzen bespreche.« Und mit diesen Worten brauste sie auch schon davon.

Cécile kam eigentlich aus Haiti und war eine echte Mambo, eine Voodoo-Priesterin! Sie verdiente sich ein bisschen Geld dazu, indem sie für ihre Kunden in die Karten schaute, Gürtelrose und Warzen besprach oder Kontakt zu Verstorbenen aufnahm. Johnny blickte Cécile hinterher und musste grinsen. Er kannte kaum jemanden, der wilder Auto fuhr als sein Kindermädchen. Von Weitem sah er, wie die alte Mrs Penny vom kleinen Blumenladen wütend mit den Händen in der Luft herumfuchtelte und schimpfte. Offenbar war Cécile etwas zu nah an einem ihrer Blumenkübel vorbeigesaust.

Aber er hatte keine Zeit, sich länger darüber Gedanken zu machen. Denn Barty Bell und Alfie Foster, zwei Jungs aus seiner Klasse, waren im Anmarsch.

»Na, Sinclair?«, raunte Barty und rempelte ihn im Vorbeigehen an. »Heute Morgen schon ein paar Geister erlegt?«

Bartys Kumpel Alfie grinste nur blöd. Dann zeigte er plötzlich auf eine unförmige, weiß gekleidete Gestalt, die über den Schulhof auf sie zugewatschelt kam.

»Alter, ist das eine Mumie?!«, krähte er so laut, dass sich sämtliche Schüler umdrehten.

Johnny schluckte. Alfie hatte recht. Ein dicker Marshmallow-Mann kam direkt auf sie zu. Seine Arme standen beinahe rechtwinklig vom Körper ab.

Und er grinste so breit, dass die kleinen Totenschädel auf seiner Zahnspange blitzten.

Es war zum Fremdschämen! Vermutlich gab es auf der ganzen Welt keinen uncooleren Geisterjäger als Russell Moore.

»Alter, hol die Dämonenpeitsche raus, bevor es zu spät ist!«, rief Barty und machte sich mit Alfie johlend aus dem Staub.

»Hi, Russell!« Johnny wäre am liebsten im Erdboden versunken.

»Du brauchst gar nicht so komisch zu gucken! Es war nicht meine Idee, diesen Skianzug anzuziehen«, erklärte Russell. »Meine Mum meinte, ich soll ausprobieren, ob er noch passt.«

»Und ... passt er?«, fragte Johnny unnötigerweise.

»Nein. Ich fühle mich darin wie eine Presswurst!«

»Glaub mir, du siehst darin auch aus wie eine Presswurst!«, raunte Millie Edwards ihm im Vorbeigehen zu.

Millie ging ebenfalls in Johnnys Klasse, und sie war wie immer ganz in Schwarz gekleidet. Seit ihrem letzten Fall in der Goblingruft gehörte sie beinahe zum Team. Millie war nämlich eine »Hörende« und konnte Geräusche und Stimmen aus der Vergangenheit wahrnehmen. Es war wirklich beeindruckend!

In der Geisterjägeragentur konnten sie so jemanden gut gebrauchen. Dummerweise wusste Johnny nicht so recht, wie er Millie fragen sollte, ohne dass es irgendwie seltsam klang.

Russell konnte das nicht verstehen. Er hätte Millie längst gefragt, ob sie eine Geisterjägerin werden wollte. Aber so was musste vom Chef kommen, und das war nun mal Johnny.

»Hast du da noch was drunter?«

»Logisch!« Russell sah Johnny erstaunt an. »Für wen hältst du mich?«

»Willst du das Teil dann nicht lieber ausziehen?« Johnny sah sich verstohlen nach Barty und Alfie um.

»Das geht nicht. Ich habe nur Thermounterwäsche an.«

»Thermounterwäsche?! Alter, du bist hier in der Schule und nicht am Nordpol.«

»Ich weiß, aber was nützt es mir, wenn der Anzug *ohne* Thermounterwäsche passt und sich *mit* nicht schließen lässt?«

Die restlichen Stunden bereute Russell seine gewissenhafte Vorbereitung. Er schwitzte wie verrückt. Und Johnny musste ihm bei Nieselregen und Graupelschauern jede Pause auf dem Schulhof Gesellschaft leisten. Trotzdem oder vielleicht gerade deshalb freuten sie sich umso mehr auf ihre gemeinsamen Weihnachtsferien im Schnee.

Die Zeit bis zur Abreise verging wie im Flug. Johnny hatte sein Snowboard geschliffen und gewachst, und er war mit seiner Mutter nach Inverness gefahren, um sich einen neuen Kilt schneidern zu lassen.

»Wir wollen uns vor den feinen Pinkeln schließlich nicht blamieren«, hatte seine Mum gemeint.

Dann war eigentlich alles bereit. Das Wetter hatte sich kein bisschen verbessert, und Johnny wollte lieber heute als morgen in den Schnee starten.

»Hast du das Wurfnetz, etwas Kreide und das Salzhorn eingepackt?«

Johnny fuhr erschrocken zusammen. Der Schädel saß auf dem Regal in seinem Zimmer und sah ihn mit seinem magischen Mondsteinauge forschend an.

»Erasmus! Wo kommst du denn auf einmal her?«, keuchte Johnny.

»Ich wollte dich nicht erschrecken«, knarrte der Schädel. »Ich wollte nur sichergehen, dass du für das große Abenteuer gerüstet bist.«

»Welches Abenteuer? Ich fahre in den Urlaub und habe nicht vor, auf Geisterjagd zu gehen.«

»Verstehe. Hast du schon mal von Perchten, Wildgeistern oder Raunächten gehört?«

Johnny schüttelte den Kopf.

Erasmus lachte sein morsches Lachen. »Heilige Einfalt! Du brichst nach Österreich auf wie andere zu einer Kaffeefahrt und weißt nicht, was dich dort erwartet?«

Jetzt wurde Johnny doch etwas nervös. »Klingt, als könnte es gefährlich werden ...«

»Das wird es, mein Lieber. Das wird es. Die wilde Jagd zieht zu dieser Zeit über das Land.«

»Was denn für eine Jagd?«

»Die *wilde* Jagd. Ein Geisterzug, der mit fürchterlichem Heulen, Rasseln und Stöhnen durch die Lüfte zieht. Wer ihn hört, sollte lieber schleunigst das Licht ausmachen, die Türen seines Hauses fest verschließen und sich flach auf den Boden werfen.«

»So ein Quatsch!«, murmelte Johnny, um sich selber Mut zuzusprechen.

»Ja, verhöhne mich ruhig. Du wirst schon sehen, was passiert, wenn man nicht die nötigen Vorkehrungen trifft ...«

Johnny holte tief Luft. »Also schön ... was sind das für Vorkehrungen?«

»Das hängt von den Umständen ab«, antwortete Erasmus geheimnisvoll.

»Von den Umständen?« Johnny dachte einen Moment angestrengt nach. Dann sah er den Schädel an. »Hättest du nicht vielleicht Lust mitzukommen?«

»Iiich?!« Erasmus tat ungeheuer erstaunt. »Ich weiß nicht, ich bin nicht mehr der Jüngste und fühle mich hier eigentlich pudelwohl«, zierte er sich. »Warum schickst du mir nicht einfach eine Postkarte, wenn es brenzlig wird? Außerdem könnte die Gepäckkontrolle am Flughafen Probleme machen. Die haben Schädel im Reisegepäck nicht so gern.«

»Ach was. Die Sache mit der Kontrolle kriegen wir schon hin«, versicherte Johnny eifrig. »Du brauchst ja nicht mit uns zu fliegen. Ich schicke mein Snowboard und ein paar andere Dinge per Post nach Österreich. Da kann ich dich locker mit einpacken.«

»Hm«, überlegte Erasmus. »Das könnte klappen … unter einer Bedingung: Du musst mich noch am selben Tag vom Postamt abholen, verstanden? Ich habe keine Lust, länger als nötig in einem miefigen Postpaket festzustecken.«

»Verstanden!«, versprach Johnny und seufzte erleichtert.

»Gut. Aber pack auf jeden Fall das Silbernetz, Kreide und das Salzhorn ein.«

»Mach ich!«, versprach Johnny und fühlte sich mit Erasmus in seiner Nähe gleich viel wohler.

2. Kapitel

Nächtlicher Besuch

An dem Tag, an dem es losging, stand Russell schon um sechs Uhr morgens bei Johnny im Hof. Seine Mutter hatte ihn gebracht und verabschiedete sich nun von ihm, als würde er nicht in den Weihnachtsurlaub fahren, sondern zu einer Marsexpedition starten.

»Pass auf dich auf, Puffelbär! Und melde dich zwischendurch. Hörst du?«

»Mach ich, Mamilein!« Russell flüsterte zwar, aber Johnny hatte es deutlich gehört.

»Sind deine Eltern auch wirklich dabei?«, fragte Mrs Moore Johnny jetzt schon zum vierten Mal.

Natürlich waren seine Eltern dabei. Russells Mutter konnte nicht ernsthaft glauben, dass sie sich nur zu zweit auf den Weg zu einer Familienfeier machten.

»Da kommt meine Mum. Warum fragen Sie sie nicht selbst?«, schlug Johnny vor.

»Mrs Moore! Wie schön, dass Sie Russell so zeitig herbringen. Unser Flug geht zwar erst in ein paar Stunden, aber sicher ist sicher.« Johnnys Mutter lächelte freundlich.

»Ja, das habe ich mir auch gedacht«, antwortete Mrs Moore und lachte gekünstelt. »Dann kann ich mich jetzt ja getrost auf den Rückweg machen.« Sie streichelte Russell ein letztes Mal über den Kopf und ging zu ihrem Wagen. An der Tür drehte sie sich noch einmal um.

»Viel Spaß!«, sagte sie. »Und bringen Sie meinen Sohn heil wieder zurück!« Die letzten Worte klangen schon fast wie eine Drohung.

»Darauf können Sie sich verlassen!«, antwortete Johnnys Mutter.

Und dann war es so weit. Mrs Moore stieg in ihr Auto und fuhr hupend davon. Johnny atmete erleichtert auf, und auch Russell wirkte nun viel entspannter. »Ich hatte echt Angst, dass sie mich in letzter Sekunde doch nicht mitfahren lässt«, gestand er.

»*Puffelbär?* Nicht im Ernst!«, sagte Johnny und grinste von einem Ohr zum anderen.

Russell verdrehte nur die Augen und trug sein Gepäck wortlos in die Burg.

Der Flug von Edinburgh bis nach Innsbruck dauerte knapp vier Stunden. Von dort ging es mit dem Bummelzug weiter. Als sie endlich in Tattenberg ankamen, wurde es bereits dunkel.

Anders als in Schottland war hier alles tief verschneit. Der Schnee knirschte unter ihren Schuhen, als sie mit ihrem Gepäck über den Platz vor dem Bahnhof gingen.

»Habt ihr auch nichts im Zug liegen gelassen?«, erkundigte sich Johnnys Mum.

»Wir haben alles dabei«, sagte Johnny. »Aber vielleicht können wir gleich zur Post und unsere Snowboards holen?«

»Darum kümmern wir uns morgen. Wir kriegen sonst nicht alles ins Auto«, erwiderte Johnnys Dad und sah sich suchend um. »Eigentlich wollte Onkel Albert einen Wagen schicken, der uns abholt. Seht ihr ihn irgendwo?«

Da kam ein Mann über den Platz auf sie zu. »Mr und Mrs Sinclair?«, erkundigte er sich.

»Das sind wir«, bestätigte Johnnys Dad.

»Graf Tattenberg schickt mich. Ich soll Sie aufs Schloss bringen.«

Johnny und Russell schnappten ihr Gepäck und staunten

nicht schlecht, als der Mann sie zu einem Schlitten führte, der von zwei kräftigen Pferden gezogen wurde.

»Sie holen uns mit dem Schlitten ab?« Auch Johnnys Mum war überrascht.

»Jawohl, Madam. In den letzten zwei Tagen hat es kräftig geschneit. Mit dem Auto kommt man da nicht weit.«

Johnny und Russell kuschelten sich tief in die Wolldecken und genossen die Fahrt durch die verschneite Landschaft. Tattenberg schien ein netter kleiner Ort zu sein. Es gab einen Weihnachtsmarkt und Geschäfte mit bunten Schaufenstern. Allerdings schienen um diese Uhrzeit nicht mehr besonders viele Menschen unterwegs zu sein. Die kleinen Gassen lagen verlassen da, und das, obwohl es noch nicht einmal 18 Uhr war.

Und noch etwas fiel Johnny bei ihrer Fahrt durch das Dorf auf. Die Dorfbewohner hatten die Weihnachtskränze an ihren Türen mit Knoblauch geschmückt ...

»Einen seltsamen Türschmuck haben die hier«, sagte er zu Russell.

Sein Assistent nickte. »Irgendwo habe ich so was schon mal gesehen. Mir fällt bloß gerade nicht ein, wo ...«

Johnny wusste genau, wo er diese dicken Knoblauchstränge schon einmal gesehen hatte. Damals in Transsilvanien, als er mit seinen Eltern in den Karpaten gezeltet hatte. Aber bevor er es Russell mitteilen konnte, tauchte vor ihnen auch schon Schloss Tattenberg auf. Der alte Graf hatte zur Feier des Tages sämtliche Beleuchtungen einschalten lassen. Das Schloss erstrahlte in hellem Glanz.

»Besonders umweltfreundlich ist das ja nicht«, stellte Mrs Sinclair trocken fest.

»Da ist der alte Knauser wohl über seinen eigenen Schatten gesprungen«, lachte Johnnys Dad. »Aber ich kann dich beruhigen. Die nächsten fünfhundert Jahre liest er wieder bei Kerzenschein.«

»Wahnsinn!«, staunte Russell, als sie die breite Auffahrt zum Schloss hinauffuhren. Überall steckten Fackeln im Schnee, und ein Schlitten nach dem anderen hielt vor dem großen Eingangsportal. Die Sinclairs waren nicht die einzigen Gäste, die heute Abend ankamen.

»Ich wusste gar nicht, dass die Tattenbergs so viele Pferdeschlitten besitzen«, meinte Johnny.

»Das tun sie auch nicht. Ich wette, Onkel Albert hat für heute sämtliche Schlitten der Umgebung angemietet«, lachte sein Dad.

Sie stiegen von der Kutsche, während sich ein paar Bedienstete um ihr Gepäck kümmerten. Und gleich darauf standen sie mit anderen Neuankömmlingen in der Eingangshalle, wo sie vom Schlossherrn begrüßt wurden.

»Das nenne ich einen anständigen Weihnachtsbaum!«, flüsterte Russell und deutete auf die fast deckenhohe Tanne, die festlich geschmückt neben der breiten Treppe stand.

»Guten Abend, Onkel Albert!« Johnnys Dad schüttelte seinem Onkel kräftig die Hand. Der alte Mann stand kerzengerade da und überragte sie alle. Er trug einen dunklen Anzug, hatte silbergraues Haar und flinke graue Augen, die Johnny irgendwie an einen Falken erinnerten.

»Simon Sinclair. Wie schön, dass du und deine Familie den Weg hierhergefunden habt«, begrüßte der Graf seinen Neffen. »Du musst mir unbedingt von eurer letzten Expedition erzählen. Aber vorher zeigt euch Frau Bergammer eure Zimmer.« Und mit diesen Worten wandte sich der Graf seinen nächsten Gästen zu.

Frau Bergammer führte sie hinauf in den ersten Stock und gab ihnen zwei gegenüberliegende Zimmer.

Das Fenster in Johnnys und Russells Zimmer klemmte, von der Decke rieselte der Putz, und die Kleiderschranktür quietschte jedes Mal wie ein heiserer Papagei, wenn man sie bewegte.

»Na, wie gefällt es euch?« Johnnys Mum steckte den Kopf zur Tür herein.

»Besonders luxuriös ist es hier nicht«, sagte Johnny. »Und bei euch?«

»Alles wunderbar, wenn man es mit den Strohmatten der Langhäuser im brasilianischen Dschungel vergleicht!«, lachte seine Mutter. »Hängt eure Sachen in den Schrank, damit sie nicht knittern. Wir treffen uns in einer halben Stunde zum Abendessen.«

»Wehe, du schnarchst!«, drohte Johnny, während er seinen Kilt in den wurmstichigen Schrank hängte.

»Wehe, DU schnarchst!«, erwiderte Russell. Er legte seinen zusammengefalteten Pyjama auf das Bett und setzte sein Reiseschwein obendrauf. Dann rief er seine Mutter an. Der Handyempfang war auf Schloss Tattenberg im Gegensatz zu Greyman Castle ganz hervorragend.

»Hallo, Mum! Ja, wir sind gut angekommen. Hier ist alles dick verschneit. Nein, ich habe Graf Tattenberg noch nicht kennengelernt. Ich habe ihm bloß kurz die Hand geschüttelt. Aber wir sehen uns nachher beim Abendessen. Was? Ja, ich denke schon, dass wir neben ihm sitzen, aber hier sind gerade unheimlich viele Gäste angekommen ... Ich erzähle dir morgen, wie es gelaufen ist. ... Wie? Natürlich ist die Serviette kein Lätzchen. Ich weiß, dass sie auf den Schoß kommt ...«

Während Russell mit seiner Mutter telefonierte, checkte Johnny kurz die E-Mails der Geisterjägeragentur. Seitdem die Zeitungen auch über ihren letzten Fall berichtet hatten, konnten sich die Geisterjäger vor Zuschriften kaum retten. Meistens waren es Glückwünsche, aber auch der ein oder andere Auftrag war darunter gewesen: ein paar Poltergeist-Phänomene und sogar ein handfester Spuk. Alles keine großen Sachen, aber es gab ihnen die Gelegenheit, mit Salzhorn, Geisterlicht oder Natternstab zu üben – der Grundausstattung eines echten Geisterjägers!

Jetzt lagen im Postfach drei Nachrichten. Johnny überflog sie kurz und beschloss, dass sie noch etwas warten konnten. Schließlich braucht auch ein Geisterjäger mal Urlaub!

Pünktlich zur verabredeten Zeit klopften Johnnys Eltern an die Tür, und sie gingen zu viert hinunter in den festlich geschmückten Saal.

»Wow!«, staunte Russell. Im Gegensatz zu den Zimmern machte der Speisesaal wirklich was her. Lange Tafeln mit Blumenschmuck und goldenen Kerzenleuchtern erwarteten die Gäste. Platzkärtchen, auf denen das Wappen der Tattenbergs prangte, zeigten an, wer wo saß.

Einen kurzen Moment befürchtete Johnny, dass es vielleicht schwierig werden könnte, sich mit den anderen Gästen zu unterhalten. Sein Französisch war fürchterlich und sein Deutsch nicht der Rede wert. Doch glücklicherweise sprachen alle englisch.

Als die Gäste auf ihren Plätzen saßen, stand Graf Tattenberg auf und räusperte sich. »Ich freue mich, dass ihr alle so zahlreich erschienen seid«, sagte er und hielt eine kurze Rede, in der er die fünfhundertjährige Geschichte des Schlosses noch einmal aufleben ließ. Johnny befürchtete schon das Schlimmste. Doch bevor die Rede allzu ermüdend wurde, wurde die Vorspeise gereicht, und nach dem Dessert sackte selbst Russell satt und zufrieden in seinem Stuhl zurück.

Anschließend verteilte sich die Gesellschaft auf das Kaminzimmer und den angrenzenden Salon. Kellner servierten Champagner, und in einem unbeobachteten Moment stibitzten sich Johnny und Russell ein Glas Schampus und verdrückten sich damit schnell in die hinterste Ecke des Zimmers.

»Prost!«, grinste Johnny und nahm einen großen Schluck.

»Alter Schwede!« Russell verzog das Gesicht. »Das Zeug schmeckt gar nicht mal so gut, wie ich gedacht habe! Ich möchte bloß wissen, was alle daran finden.«

Johnny lächelte nachsichtig und versuchte dabei auszusehen, als würde er sich jeden Morgen mit Champagner die Zähne putzen. Dabei wäre ihm eine Cola auch deutlich lieber gewesen. Aber das brauchte Russell ja nicht zu wissen.

»Trinkt ihr zum ersten Mal Champagner?«, fragte da eine helle Mädchenstimme.

Johnny und Russell fuhren erschrocken herum. Hinter ihnen standen drei Mädchen in rosafarbenen Kleidern und mit Korkenzieherlocken.

»Das erste Mal? Wie kommst du denn darauf?«, fragte Johnny. Er musterte die Mädchen unauffällig. Die Älteste war ungefähr in seinem Alter. Die anderen beiden waren etwas jünger. »Seid ihr Schwestern?«, fragte er.

Das älteste Mädchen nickte.

»Und wie heißt ihr?«, mischte sich jetzt Russell ein.

»Ich heiße Levinia«, antwortete die Älteste. »Ich bin elf. Und das sind Larissa, sie ist zehn, und Trudi, die ist acht.«

»Wer ihr seid, müsst ihr uns nicht sagen. Das wissen wir auch so«, kicherte die Jüngste.

»Ähm, und wer sind wir?«, fragte Johnny.

»Du bist Johnny Sinclair, und das ist dein Freund Russell Moore!«, erwiderte Larissa.

»Ihr seid Geisterjäger!«, strahlte Trudi.

Johnny und Russell sahen sich verblüfft an. Dann grinsten sie.

»Woher wisst ihr das?«, fragte Russell.

»Wir lesen Zeitung«, antwortete Levinia.

»Seid ihr Schotten?«

»Wir sind aus Irland. Aber mein Vater liest den *Scotsman*.« Levinia strahlte Johnny an wie einen Popstar.

»Könntest du mir vielleicht ein Autogramm geben?«

»Ein Auto... Autogramm?« Johnny dachte schon, er hätte sich verhört, aber Levinia meinte es ernst. »Äh, na klar. Habt ihr was zum Schreiben?«

Levinia holte einen schwarzen Edding aus ihrer Handtasche. »Schreib es am besten hier drauf!« Sie griff nach einer Serviette und reichte sie Johnny. Der konnte sein Glück kaum fassen. *Für Levinia, mit eiskalten Grüßen! Johnny Sinclair*, schrieb er schwungvoll darauf.

»Für mich auch! Für mich auch!«, bettelten die beiden kleineren Schwestern. Und Johnny wiederholte die Prozedur.

»Ähm, könntest du noch zwei Kreuze dahintermachen? Das bedeutet zwei Küsse«, sagte Larissa.

Es muss am Champagner gelegen haben, denn Johnny malte hinter die Autogramme gleich fünf Kreuze, und die Mädchen waren entzückt.

Dann wandte sich Levinia an Russell. »Könntest du auch noch unterschreiben?«

»Wenn's unbedingt sein muss!«, sagte Russell lässig und strahlte dabei wie ein Honigkuchenpferd.

»Hintendrauf ist noch Platz!« Levinia drehte die Serviette um, und Russell kritzelte seinen Namen darauf und malte eine seiner gefürchteten Fledermäuse dazu.

Als die Jungs später in ihrem Zimmer waren, konnten sie sich vor lauter Begeisterung kaum beruhigen. »Krass, wir haben gerade unsere ersten Autogramme gegeben!« Russell warf sich rücklings aufs Bett und strampelte mit den Beinen. »Ich fass es nicht!«

Johnny grinste breit. »Das ist echt abgefahren!«

Er öffnete das Fenster mit einem Ruck und zuckte erschrocken zurück. Levinia stand am Fenster direkt gegenüber und warf ihm tatsächlich eine Kusshand zu. Dann drehte sie sich um und winkte aufgeregt ihre Schwestern heran.

Blitzschnell trat Johnny einen Schritt zurück.

»Was ist?«, fragte Russell.

»Sie wohnen direkt gegenüber. Levinia hat mir eben einen Kuss rübergepustet!« Johnny verzog das Gesicht.

Sofort war Russell am Fenster. »Das sind echte Fan-Girls!«, rief er und winkte kräftig zurück.

»Spinnst du?!«, fuhr Johnny ihn an.

»Warum? Die sind doch nett. Und sie finden uns toll.«

»Darum geht es nicht. Ich will in Ruhe Snowboard fahren und Erasmus von der Post abholen – und zwar ohne dass mich dabei jemand verfolgt oder Autogramme von mir will. Er wird sowieso sauer sein, weil er die Nacht im Paket verbringen muss.«

»Na und? Der alte Griesgram ist andauernd sauer«, meinte Russell und zog nach dem letzten Winken die Vorhänge zu.

Dann rief er noch einmal seine Mutter an, und Johnny tippte auf seinem Handy herum.

Es war kurz nach Mitternacht, als die beiden Geisterjäger endlich zu Bett gingen. Johnny war zwar sofort eingeschlafen, wachte aber wenig später wieder auf.

Durch einen Spalt im Vorhang fiel kaltes Mondlicht ins Zimmer. Der junge Schotte drehte sich von einer Seite auf die andere und stand schließlich genervt auf. Er zog die Vorhänge zurück und warf einen Blick auf das Fenster gegenüber. Im Zimmer der Mädchen war alles dunkel.

Dann sah er hinunter in den Hof. Es hatte wieder angefangen zu schneien. Sanft fielen die weißen Flocken zu Boden. Eine Weile brannte in der Küche des Schlosses noch Licht, dann wurde es auch dort dunkel.

Johnny wollte gerade ins Bett zurückgehen, als zwei schlanke, große Frauen den Innenhof durch ein hölzernes Tor betraten. Sie gingen von einem Fenster zum anderen und spähten hinein.

Sicher Gäste, die sich verspätet hatten und den Hintereingang nahmen, dachte Johnny und rutschte von der Fensterbank. Dann schaute er doch noch einmal genauer hin. Irgendetwas an den Frauen war seltsam. Sie waren ganz in Schwarz gekleidet und hatten die Kapuzen ihrer Mäntel tief ins Gesicht gezogen. Die Schneeflocken wirbelten wild um sie herum. Und plötzlich wusste Johnny, was ihn die ganze Zeit gestört hatte. Die Frauen liefen nicht ... sie schienen über den Boden zu gleiten!

Sofort war sein Geisterjägerinstinkt geweckt.

Er stürzte zu Russell und rüttelte ihn an der Schulter. »Russell! Russell, wach auf!«

»Lass mich!«, schmatzte Russell und umarmte sein Reiseschwein noch ein bisschen fester.

»Ich glaube, hier spukt's. Guck doch mal!«

»So ein Quatsch!«, stöhnte Russell und stand widerstrebend auf. »Du siehst mal wieder Gespenster.«

»Sehr witzig! Da unten sind zwei echt seltsame Frauen.«

Doch als Russell endlich aus dem Fenster sah, waren die beiden Frauen verschwunden. Der Innenhof war dunkel und leer.

»Siehst du? Hat sich schon von selbst erledigt.« Russell schlurfte zurück ins Bett. »Ich bin jedenfalls müde und brauche meinen Schönheitsschlaf.«

Toller Geisterjäger, dachte Johnny.

Aber auch er war müde, und vielleicht hatte Russell ja recht. Vielleicht fing er wirklich an, in jeder Ecke Gespenster zu sehen.

3. Kapitel

Eiskalt erwischt

Im Erdgeschoss war Freiherr von Munk gerade dabei, ins Bett zu gehen. Das Zimmer, in dem man ihn diesmal untergebracht hatte, gefiel ihm ganz und gar nicht. Nicht dass er etwas an dem bequemen Bett auszusetzen hatte. Aber Onkel Munk, wie ihn jeder nannte, wusste, dass es sich bei diesem Zimmer um die ehemalige Speisekammer des Schlosses handelte. Wegen der vielen Gäste hatte man einfach ein Bett hineingeschoben. Und das war für einen Mann in seiner Position alles andere als angemessen! Er hätte auf einer Unterbringung in den oberen Etagen bestehen müssen!

Trotzdem war Onkel Munk an diesem Abend gut gelaunt. Es war schön, die alten Verwandten wiederzusehen und festzustellen, dass man nicht der Einzige war, der ein paar Jährchen älter geworden war. Außerdem konnte man nirgendwo sonst so fantastischen Rotwein genießen. Die von Tattenbergs bauten ihn auf ihrem eigenen Weingut in der Wachau an.

Etwas unbeholfen stieg Freiherr von Munk in seinen gestreiften Pyjama und legte sich ins Bett. Eigentlich wollte er den Krimi zu Ende lesen, den er extra für diesen Besuch eingepackt hatte. Doch ihm fielen immer wieder die Augen zu. Also löschte er das Licht und war im nächsten Moment eingeschlafen.

Nur wenig später wurde er von einem Geräusch geweckt, das so gar nicht in seinen Traum von Weinbergen und sonnenverwöhnten Trauben passen wollte. Es klang wie das Fauchen einer Lokomotive, aus deren Kessel der Dampf abgelassen wurde. Onkel Munk wachte auf und bemerkte sofort die unangenehme Kälte, die durch den Fensterspalt zu ihm ins Zimmer strömte. Er wollte gerade aufstehen, um das Fenster zu schließen, als er hinter den halb geschlossenen Vorhängen eine Bewegung bemerkte. Zwei schemenhafte Gestalten bewegten sich davor auf und ab.

Empört sprang der Freiherr aus dem Bett. Das waren sicher diese unerzogenen Kinder, die ihm einen Streich spielen wollten. Aber die sollten ihn kennenlernen!

Mit einem Ruck zog er die provisorisch angebrachten Vorhänge zurück und erstarrte. Eiskristalle hatten sich über die Scheibe gelegt und sie blind gemacht. Doch dahinter konnte er deutlich zwei leuchtend blaue Augen erkennen.

Onkel Munk wurde heiß und kalt zugleich. Erschrocken taumelte er einen Schritt zurück. Aber es sollte ihm nichts nützen. Das Letzte, was er hörte und sah, war das Zischen eisigen Atems und eine schneeweiße Hand, die sich durch den viel zu schmalen Fensterspalt zu ihm ins Zimmer schlängelte.

4. Kapitel

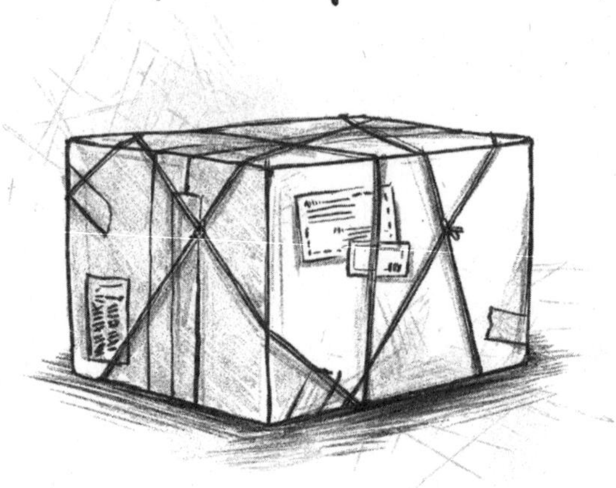

Fest verschnürt

Am nächsten Morgen standen Johnny und Russell besonders früh auf. Sie wollten Erasmus so schnell wie möglich von der Post abholen. Glücklicherweise war der Frühstücksraum bereits offen und angenehm leer.

»Was waren das für Frauen, wegen denen du mich heute Nacht geweckt hast?«, erkundigte sich Russell, während er seinen Blick zufrieden über das Büfett gleiten ließ.

»Keine Ahnung. Ich fand sie irgendwie merkwürdig. Aber

vermutlich war alles ganz harmlos, und sie haben bloß einen Spaziergang gemacht.«

Johnny und Russell setzten sich mit Lachsstreifen und einer großen Portion Rührei direkt ans Fenster. Der Blick in den verschneiten Schlosspark und auf dic dahinter aufragenden Berge war grandios. Die aufgehende Sonne tauchte die Gipfel in glutrotes Licht.

»Ich glaube, ich habe noch nie so viel Schnee auf einmal gesehen«, nuschelte Russell mit vollem Mund.

»Ich schon«, meinte Johnny. »Ich war mal vor ein paar Jahren mit meinen Eltern im Himalaja.« Er grinste.

In diesem Moment ging die Tür auf, und Johnny fürchtete schon, Levinia und ihre Schwestern würden hereinkommen. Dann atmete er erleichtert auf. Es war nur ein kleiner blonder Junge mit nach hinten gekämmten Haaren. Er füllte sich eine Portion Kaiserschmarren auf den Teller und kam damit zu Johnny und Russell an den Tisch. »Stört es euch, wenn ich mich dazusetze?«

Die beiden Geisterjäger schüttelten den Kopf und sahen den Jungen neugierig an. Er war ein ganzes Stück kleiner als sie und wirkte deutlich jünger.

»Ich bin Anton«, stellte er sich vor.

»Der Sohn des Grafen?«, erkundigte sich Johnny.

»Sein Enkel«, lachte Anton.

»Wie alt bist du?«, wollte Russell wissen.

»Elfeinhalb«, sagte Anton.

»Echt?«, staunte Johnny.

»Wir sind zwölf«, erklärte Russell und holte sich nach dem Rührei auch noch eine Portion Kaiserschmarren.

»Stehst du immer so früh auf?«, wollte Johnny wissen.

»Nur wenn ich muss«, gab Anton zu. »Heute ist der letzte Schultag vor den Ferien. Danach kann ich endlich ausschlafen. Und was habt ihr so vor?«

»Wir wollen gleich unsere Snowboards von der Post abholen«, sagte Johnny. »Ich hoffe, dass wir ein bisschen fahren können.«

»Na klar könnt ihr das. Es gibt hier ein paar tolle Pisten, aber die kennen nur die Einheimischen. Wenn ihr wollt, zeige ich sie euch nach der Schule. Aber ihr müsst versprechen, dass ihr das für euch behaltet.«

»Ehrenwort!«, antworteten Johnny und Russell.

Anton sah auf seine Armbanduhr. »Ich muss los«, sagte er. »Sebastian fährt mich mit dem Schlitten zur Schule. Wenn ihr wollt, könnt ihr mitfahren. Wir setzen euch vor der Post ab, und Sebastian kann euch auf dem Rückweg wieder mit zum Schloss nehmen.«

»Das wäre super! Wir holen nur unsere Mützen und dicken Jacken.« Johnny und Russell sprangen auf und flitzten hinauf in ihr Zimmer. Sie hinterließen noch schnell eine Nachricht für Johnnys Eltern: *Sind zur Post. Bis später!*

Als sie warm angezogen wieder runterkamen, wartete der Pferdeschlitten bereits vor dem Schloss, und bald darauf fuhren sie durch eine tief verschneite Märchenwelt.

»Sind spätabends eigentlich noch weitere Gäste gekommen?«, erkundigte sich Johnny. Denn obwohl er sich bemühte, wollten ihm die beiden Frauen von letzter Nacht einfach nicht aus dem Kopf gehen.

Anton lachte. »Nein, alle haben es rechtzeitig zum Abendessen geschafft. Vermisst du jemanden?«

»Nein, aber als ich heute Nacht aus dem Fenster geguckt habe, waren da zwei Frauen.« Johnny zuckte mit den Schultern. »Vielleicht konnten sie aber auch einfach nur nicht schlafen und haben eine Nachtwanderung durch den Schlosspark gemacht.«

Für einen Wimpernschlag verschwand das Lächeln aus Antons Gesicht. Dann hatte er sich wieder im Griff. »Zwei Frauen?«, fragte er so beiläufig wie möglich. »Wie sahen die denn aus?«

»Ich konnte sie nicht genau erkennen. Sie haben schwarze Mäntel mit Kapuzen getragen. Irgendwie waren sie seltsam.«

»Zwei Nachtgespenster«, scherzte Russell.

Johnny lachte, und Anton lachte am allerlautesten. Jedenfalls kam es Johnny so vor.

Vor dem Postamt ließ Sebastian die beiden Jungs aussteigen. »Ich hole euch hier auf dem Rückweg wieder ab«, versprach er.

Und schon fuhr der Schlitten davon.

»Ja, vielen Dank!«, rief Johnny ihm nach.

»Ich habe überhaupt keine Lust, den alten Meckerpott abzuholen«, maulte Russell. »Was meinst du? Vielleicht sollten wir uns einfach unsere Snowboards schnappen und den Karton mit Erasmus wieder zurückschicken.«

»Keine gute Idee«, meinte Johnny und stellte sich in die lange Schlange vor dem Postschalter. Trotz der frühen Uhrzeit war hier schon die Hölle los. Ganz Tattenberg schien auf den Beinen zu sein. Und so dauerte es eine ganze Weile, bis sie endlich an der Reihe waren.

Der Mann hinter dem Schalter studierte den Abholschein ganz genau und verschwand dann hinter einem Regal. Kurz darauf schob er die beiden Snowboards und den Karton durch eine Öffnung an der Seite des Schalters.

»Viel Spaß!«, wünschte er ihnen in typisch österreichischer Mundart.

Dann klemmte sich Russell rechts und links je ein Snowboard unter den Arm, während Johnny den Karton nach draußen trug.

»Erasmus? Hörst du mich?«, flüsterte er. »Es hat leider ein bisschen länger gedauert.« Im Karton rührte sich nichts. »Erasmus? Alles okay?« Johnny schüttelte das Paket und hielt es an sein Ohr.

»Was ist?«, fragte Russell.

»Er antwortet nicht.«

»Vielleicht schmollt er!«

»Wer schmollt?« Sebastian war wie aus dem Nichts aufgetaucht und stand plötzlich neben ihnen.

»Ach, niemand«, sagte Johnny knapp.

»Na dann. Soll ich das Paket auch nach hinten packen?«, fragte der Kutscher, während er die beiden Snowboards im Schlitten verstaute.

»Nein, danke. Das nehme ich lieber auf den Schoß«, antwortete Johnny. Sicher war sicher.

»Wie du willst«, antwortete der Kutscher und schwang sich auf den Kutschbock. Dann ging es im leichten Trab zurück zum Schloss.

Dort angekommen, liefen die beiden Geisterjäger sofort in ihr Zimmer und stellten den Karton auf den Tisch. Johnny machte sich ernsthaft Sorgen. Nicht auszudenken, wenn dem Schädel etwas passiert war.

»Er kann nicht sterben, was soll ihm schon passiert sein?«, fragte Russell, als habe er Johnnys Gedanken gelesen.

Doch Johnny war nicht nach Scherzen zumute. Der junge Schotte riss den Karton auf und nahm das Füllmaterial heraus. Da lag er. Auf den ersten Blick sah der Schädel aus wie immer. Aber warum war er so still? Besorgt beugte sich Johnny über das Paket.

»Baaaah!!!«, brüllte der Schädel und sprang ihm mitten ins Gesicht. Man konnte deutlich hören, wie ihre Köpfe zusammenstießen.

»Au!«, schrie Johnny. »Bist du verrückt?!«

Und auch Russell machte einen entsetzten Satz zur Seite. »Der Kerl ist total übergeschnappt!«, ächzte er.

Der Schädel rollte über den Teppich und zog sich dann mithilfe seines magischen Auges zurück auf den Tisch. »Wisst ihr, wie viele Stunden ich in diesem dunklen, muffigen Karton ausgeharrt habe?! Wisst ihr, wie langsam die Zeit vergeht, wenn man darauf wartet, endlich befreit zu werden?!«, brüllte er.

Johnny holte tief Luft. »Und weißt du, wie sehr wir uns beeilt haben, zur Post zu kommen?! Gestern Abend hatte sie geschlossen! Konnte ja keiner ahnen, dass die Geschäfte hier so früh zumachen!« Er schrie genauso laut wie Erasmus.

Der Schädel klapperte probehalber mit dem Kiefer. »Na schön. Genug geredet. Ihr habt Glück, dass ich anderes zu tun habe, als mich mit Erstsemestern wie euch herumzuärgern. Bringt mich sofort in die Bibliothek! Die Zeit vergeht wie im Flug, und ich hab zu tun.«

»Erstsemester? Meint er damit so was wie Anfänger?«, ärgerte sich Russell.

»Glaube schon«, nickte Johnny. Und zu Erasmus sagte er: »Wir können dich doch nicht in der Schlossbibliothek aussetzen! Was ist, wenn dich jemand entdeckt?«

»Man wird mich nicht entdecken. Aber ihr könnt mir auch gerne beim Sichten der alten Schriften Gesellschaft leisten, wenn euch das beruhigt.«

Johnny war hin- und hergerissen. Er hatte echt keinen Bock, den Babysitter für den Schädel zu spielen. Aber er wollte auch nicht, dass er entdeckt wurde.

Erasmus schien zu ahnen, was in ihm vorging. »Es wäre viel verdächtiger, wenn ihr die Zeit in der Bibliothek verbringen würdet statt auf euren Snowboards«, knurrte er schon viel friedlicher.

»Der alte Knochen hat recht«, meinte Russell.

Also verstauten sie Salzhorn, Wurfnetz und Kreide, die ebenfalls in dem Paket lagen, zwischen ihrer Wäsche im Schrank und brachten den Schädel hinauf in die Bibliothek.

»Ihr könnt mich dort oben ins Regal setzen. Da habe ich einen guten Überblick und kann mich bei Bedarf hinter die Atlanten zurückziehen.«

»Okay, aber abends holen wir dich hier wieder ab!«, sagte Johnny.

»Tut, was ihr nicht lassen könnt«, brummte der Schädel.

»Also, ich müsste ihn nicht unbedingt wieder abholen«, murmelte Russell, doch Johnny stieß ihm schnell seinen Ellenbogen in die Rippen.

»Ich habe zwar keine Ohren mehr, aber ich höre trotzdem noch ziemlich gut«, klapperte Erasmus. »So, und jetzt lasst mich allein. Findet lieber heraus, was es mit dem blauen Licht da draußen auf sich hat.«

»Welches blaue Licht?« Johnny warf einen Blick aus dem Fenster. Der Schädel hatte recht. Irgendwas stimmte da unten nicht.

5. Kapitel

Schottische Legenden

Das blaue Licht gehörte zu einem Notarztwagen, der vor dem Schloss parkte. Zwei Sanitäter rollten gerade einen grauhaarigen Mann auf einer Trage hinaus. Der Graf und ein paar Gäste folgten ihnen mit besorgten Gesichtern.

»Was ist denn hier los?«, wunderte sich Russell.

»Onkel Munk wäre beinahe erfroren!«, sagte Levinia, die neben Larissa und Trudi stand. Die Mädchen hatten ihre Skier unter dem Arm und strahlten die beiden Geisterjäger entzückt an.

»Hat er sich im Schnee verlaufen?«, fragte Johnny.

»Soviel ich weiß, soll es in seinem Bett passiert sein«, antwortete Levinia.

»Wie erfriert man denn im eigenen Bett?!«, staunte Russell.

Johnny fielen da spontan ein paar Möglichkeiten ein. Er erinnerte sich noch gut daran, dass es auch in seinem Zimmer schon mal so kalt geworden war, dass Raureif Tische und Stühle bedeckt hatte. Cécile meinte damals, jemand hätte die Tür zum Jenseits geöffnet. Aber Cécile erzählte viel, wenn der Tag lang war. Und erfroren wäre Johnny deswegen bestimmt nicht.

Levinia zuckte mit den Schultern. »Er sah echt gruselig aus. Seine Haut war ganz blau, und er hatte Frostbeulen im Gesicht und auf den Händen.«

»Wollt ihr eure Snowboards ausprobieren?«, wechselte Larissa plötzlich das Thema.

»Ähm, ja, das ist der Plan«, bestätigte Johnny und hoffte insgeheim, die Mädchen irgendwie loszuwerden.

»Super!« Levinia deutete auf ihre Skier. »Dasselbe haben wir auch vor! Ich wette, ihr seid tolle Snowboarder.«

Johnny und Russel wurden nervös. Es war schon eine ganze Weile her, seit sie das letzte Mal auf einem Snowboard gestanden hatten.

»Eigentlich sind wir mit Anton verabredet«, versuchte es Johnny. »Er will uns nach der Schule eine tolle Piste ganz in der Nähe zeigen.«

»Verstehe!«, sagte Levinia. »Aber bis er hier ist, können wir hinter dem Schloss noch ein bisschen üben. Es gibt da einen kleinen Hang ...«

»Hang?«, fragte Trudi und zog die Augenbrauen in die Höhe. »Es ist ein Idiotenhügel, mehr nicht!«

»Wir können uns den Hügel ja mal ansehen«, meinte Johnny lässig und hoffte inständig, sich vor seinen Fans nicht zu blamieren.

Der Hang hinter dem Schloss war wirklich nicht besonders Furcht einflößend. Allerdings fehlte sowohl Johnny als auch Russell eindeutig die Übung. Zuerst fuhr Russells Snowboard alleine los. Dann rauschte Johnny blöderweise rückwärts den Hang herunter. Es war gar nicht so einfach, es aussehen zu lassen, als wäre es geplant.

Levinia und ihre Schwestern schienen dagegen auf Skiern zur Welt gekommen zu sein. Und das, obwohl sie in Irland wohnten.

»Ist schon ein bisschen her«, schnaufte Russell, nachdem er sein Board wieder eingefangen hatte. »Wir Schotten haben es nicht so mit Schnee.«

»Das macht doch nichts. Ich finde Geister zu jagen tausendmal cooler, als Snowboard zu fahren«, schmeichelte ihm Larissa, und Levinia und Trudi grinsten.

Johnny schnaubte verächtlich. Gab es etwas Erbärmlicheres, als sich von seinen Fans bemitleiden zulassen?

Die zwei Geisterjäger packte der Ehrgeiz, und schon nach dem dritten Versuch fuhren sie den Hügel so cool herunter, als würden sie Eiswürfel pinkeln.

Als sie das nächste Mal wieder oben ankamen, stand Anton bei den Mädchen und grinste. »Das sah schon ganz gut aus!«

»Ich würde sagen, wir sind bereit für coolere Abfahrten«, lachte Johnny.

»Ja, wir sind extrem fit!«, stimmte Russell ihm zu.

»Wir werden gleich mit Schlitten auf die Zwieselalm gebracht«, erklärte Anton. Er kam ganz nah an Johnny heran. »Aber vorher würde dich mein Großvater gerne sprechen«, flüsterte er.

»Mich?«, wunderte sich Johnny.

Anton nickte. »Es geht um die beiden Frauen, die du heute Nacht beobachtet hast.«

»Viel kann ich ihm nicht erzählen ...«

»Erzähl einfach, was du gesehen hast«, meinte Anton. »Ich bringe dich zu ihm.«

Und während Johnny von Anton zu seinem Großvater gebracht wurde, wurde Russell von den Mädchen umringt und mit Fragen gelöchert.

»Hast du wirklich schon mal einen echten Geist gesehen?«, wollte Trudi wissen.

Russell streckte stolz die Brust raus. »Du fragst mich im Ernst, ob ich schon mal einen Geist gesehen habe?«

Alle drei Mädchen nickten.

»Geister sind mein tägliches Brot. Sie sind für mich so normal wie für andere Frühstückseier.«

»Aber ... aber sind Geister denn nicht schrecklich gefährlich?«, frage Larissa.

Russell nickte. »Logisch sind sie gefährlich. Besonders wenn sie deine Angst spüren. Aber wenn man gelernt hat, mit ihnen umzugehen, und die richtigen Waffen besitzt, sind sie eigentlich ganz zahm.«

»Hattest du schon mal Angst vor ihnen?«

»Ich?!« Russell lachte laut auf. »Nein, niemals. Ich kenne keine Angst. Ganz gleich wie schimmelig und verrottet sie auch aussehen!«

Die Mädchen hielten die Luft an. »Und ... und was tust du, wenn dich so ein verschimmelter Geist angreift?«

»Dann salze ich ihn in die Flucht!« Russell grinste in die Runde, bis ihm auffiel, wie uncool das gerade geklungen hatte. Er räusperte sich verlegen. »Wisst ihr, wenn man tausend Trainingseinheiten in einem Bootcamp hinter sich hat, macht man so was mit links«, versuchte er die Sache zu retten.

Leider kam Anton in diesem Moment zurück. »Wenn du trainieren möchtest, ist dieser Hügel die beste Gelegenheit!«, lachte er.

»Es geht nicht ums Snowboarden«, klärte Levinia ihn auf. »Wir reden von der Geisterjagd!«

»Wovon?«

Die Mädchen verdrehten die Augen. »Okay, du kannst es nicht wissen, denn du lebst hoch in den Bergen. Aber vor dir steht Russell Moore! Einer der begnadetsten Geisterjäger aller Zeiten. Johnny und er sind in Schottland Legenden!«

Russells Wangen fingen an zu glühen. Das hatte noch niemand gesagt. Zu dumm, dass er Levinias Worte nicht mit dem Handy aufgenommen hatte.

»Sie sind was?« Anton war offensichtlich etwas schwer von Begriff.

Deshalb versuchte es Levinia noch einmal ganz langsam. »Sie sind die talentiertesten Geisterjäger der Britischen Inseln!«

Währenddessen stand Johnny im Arbeitszimmer des Grafen und betrachtete die kunstvollen Deckenmalereien. Dann öffnete sich die Tür, und der Hausherr kam herein.

»Schön, dass du da bist, Johnny Sinclair«, begrüßte er ihn. »Ich will dich auch nicht lange aufhalten. Anton hat mir erzählt, dass ihr Snowboarden wollt.«

»Sie halten mich nicht auf, Sir«, antwortete Johnny höflich.

»Sehr schön! Setz dich!« Der Graf deutete auf einen bequemen Sessel. »Mein Enkel hat mir erzählt, du hättest heute Nacht eine merkwürdige Beobachtung gemacht?«, kam er gleich auf den Punkt.

Johnny wurde auf einmal ganz verlegen. »Ach, ich weiß nicht…

vielleicht ist es nicht der Rede wert. Ich konnte nicht schlafen und habe aus dem Fenster gesehen. Und plötzlich tauchten unten im Hof zwei Frauen auf.«

»Hm, zwei Frauen, sagst du?« Der Graf sah ihn forschend an. »Wir haben zurzeit viele Gäste im Schloss ...«

»Ich glaube nicht, dass es Gäste waren«, sagte Johnny.

»Und warum glaubst du es nicht?«

»Es war viel zu spät für einen Spaziergang, und irgendwas an ihnen war seltsam.«

»Seltsam, inwiefern?«

Johnny zögerte einen Moment. »Es sah aus ... es sah aus, als würden sie schweben. Ihre Füße schienen den Boden nicht zu berühren.«

Er blickte auf und sah, dass der Graf auf einmal ganz blass geworden war. Seine Hand suchte Halt an der Armlehne des Sessels. Nach einem kurzen Augenblick hatte er sich wieder unter Kontrolle.

»Danke, dass du mir von deinen Beobachtungen erzählt hast. Aber ich denke, wir müssen uns keine Sorgen machen. Das waren sicher nur zwei Frauen, die nicht schlafen konnten. Also nichts Beunruhigendes. Ähm, würdest du mich jetzt bitte allein lassen? Ich habe noch einiges vorzubereiten. So viele Gäste machen ganz schön viel Arbeit.« Er lachte angestrengt. »Viel Spaß beim ... äh ... Snowboarden.«

»Danke«, sagte Johnny und bohrte nicht weiter nach.

Aber irgendetwas stimmte hier ganz und gar nicht. Der Graf hatte so getan, als wäre alles in bester Ordnung. Aber Johnny konnte er so leicht nichts vormachen: Mit den beiden Frauen, die er in der Nacht gesehen hatte, war irgendetwas faul. Und der Graf hatte Angst. Das war so klar wie Kloßbrühe.

6. Kapitel

Im Totengrund

Als Johnny zu den anderen zurückkehrte, nahm Russell ihn beiseite. »Was wollte der Graf denn von dir?«

»Er hat mich nach den beiden Frauen gefragt.«

»Und?«

»Er hatte eindeutig Angst!«, sagte Johnny. Zu mehr kam er nicht, denn die Schlitten standen abfahrbereit, und Levinia und Larissa spitzten schon neugierig die Ohren. »Ich erzähl's dir später«, flüsterte Johnny.

Dann fuhren sie los Richtung Zwieselalm. Anton hatte nicht zu viel versprochen. Die Piste sah toll aus, und das Beste: Sie hatten sie fast für sich allein.

»Sieht aus, als wären hier nur Pommesrutscher unterwegs«, meinte Russell und deutete auf die Skifahrer, die in schnellem Tempo die Abfahrt hinuntersausten.

Johnny hoffte inständig, dass sie sich nicht gleich zum Vollhorst machten. Glücklicherweise waren seine Befürchtungen umsonst. Denn jetzt zeigte sich, dass der Idiotenhügel doch eine gute Übung gewesen war. Die beiden Geisterjäger sausten die Piste hinunter, als hätten sie ihr Leben lang nichts anderes getan. Es war herrlich und extrem cool, durch den Schnee zu brettern. Das einzig Blöde war nur, dass Levinia und ihre kichernden Schwestern keinen Zentimeter von ihrer Seite wichen.

»Hast du die Abzweigung dahinten gesehen?«, flüsterte Johnny Russell nach einer Weile zu. Der nickte.

»Lass uns dahin abbiegen, wenn die Mädchen die Piste runterfahren. Mir klingeln von dem ständigen Gekicher schon die Ohren.«

Russell lachte. »Gute Idee!«

»Habt ihr Lust auf ein Wettrennen?«, fragte Johnny scheinheilig, gleich nachdem sie wieder oben angekommen waren.

»Logisch!«, riefen die Schwestern und grinsten. »Der Gewinner bekommt einen Kuss!«

»Fragt sich nur, von wem ...«, brummte Russell.

Johnny nickte. »Anton gibt den Startschuss. Okay?«

»Von mir aus ...« Anton stellte sich vor den Mädchen und den Geisterjägern auf. »Seid ihr bereit?«

Johnny zurrte den Kinngurt an seinem Helm fest und nickte.

»Auf die Plätze!« Anton hob die Arme, und die Mädchen gingen in Startposition.

»Fertig! ... Los!« Anton klatschte in die Hände, und schon ging's abwärts.

Johnny und Russell achteten darauf, dass die Mädchen einen Tick schneller starteten als sie selbst. Dann ließen sie ihnen noch etwas Vorsprung. Und sobald sie aus dem Blickfeld der Mädchen verschwunden waren, bogen sie ab und hatten den Hügel ganz für sich allein. War das ein Spaß, durch den Pulverschnee zu pflügen!

Doch schon bald tauchten Tannen auf, die schnell dichter und dichter wurden. Johnny und Russell bremsten ihre Snowboards und fuhren nur noch langsam den Hügel hinunter.

»Schade, dass die Bäume hier so gefährlich dicht stehen«, meinte Russell.

Johnny nickte. Aber es waren nicht allein die Bäume, die diesen Ort gefährlich machten. Unbehaglich sah er sich um. Obwohl das Licht hell und klar war, lag eine seltsame Schwere über dem Tal.

»Hör mal, wie still es hier ist.« Russell senkte automatisch die Stimme. Und er hatte recht. Es war still wie unter einer Käseglocke. Die Berge ringsherum schirmten jedes Geräusch ab.

Im Schneckentempo fuhren sie weiter den Hang hinunter und kamen schließlich an eine Wegkreuzung, an der eine große knorrige Eiche stand.

»Lass uns umkehren!« Johnny hatte kein gutes Gefühl. Suchend sah er sich um. »Von wo sind wir gekommen?«

»Von dort oben!« Russell deutete hinter sich.

»Bist du sicher? Dann müssten wir doch unsere Spuren im Schnee sehen. Aber da ist nichts.«

»Klar, der Wald war rechts von uns. Oder, nein, warte ... war er nicht links?«

»Egal, wir stehen direkt an einer Wegkreuzung. Jeder Weg führt irgendwohin«, meinte Johnny.

»Na, dann brauchen wir uns ja bloß den richtigen auszusuchen«, murmelte Russell.

»Was ist das?« Johnny deutete auf etwas Blutrotes, das aus dem Schnee herausschaute.

»Sieht aus wie ein Lappen«, vermutete Russell.

Er öffnete die Bindung seines Boards und schob den Schnee mit seinem Stiefel beiseite. »Ein Spitzentaschentuch ...«

»He! Wartet!« Eine kleine Gestalt auf Skiern kam direkt auf sie zu.

»Das ist Anton!«, rief Russell.

Johnny atmete erleichtert auf.

»Was macht ihr denn hier?!« Die Aufregung war Anton deutlich anzusehen.

»Wir hatten keine Lust auf die Mädchen und dachten, dass wir hier ungestört fahren könnten«, antwortete Johnny. »Leider stehen die Bäume viel zu dicht.«

»Das hätte ich euch gleich sagen können«, schnaubte Anton. »Die Bäume sind hier das kleinste Problem. Die Kreuzung, auf der wir stehen, nennt man den Totengrund. Die Eiche dahinten war früher ein Galgenbaum. Nach Einbruch der Dunkelheit traut sich hier niemand mehr her. Also beeilt euch. Die Sonne verschwindet jeden Moment hinter den Bergen!«

»Und dann?«

»Dann wird es dunkel«, erwiderte Anton knapp.

Er machte eine kurze Pause, bevor er weitersprach.

»Und jetzt kommt! Ich bringe euch zur Piste zurück. Ein Stück weiter unten führt ein Weg aus dem Tal.« Anton stieß sich mit seinen Skistöcken ab, und Johnny folgte ihm auf seinem Snowboard.

Russell zog das rote Tuch aus dem Schnee. Es war aus geklöppelter Spitze und sah irgendwie besonders aus. Er steckte es ein und fuhr den anderen hinterher.

Als die drei zurück zur Zwieselalm kamen, ging die Sonne gerade hinter den Bergen unter. Die Mädchen waren schon dabei einzupacken.

»Na, habt ihr euch verfahren?«, fragte Levinia schnippisch. Es war offensichtlich, dass die drei eingeschnappt waren.

»Ja, das kann schon mal passieren, wenn man sich in der Gegend nicht auskennt«, meinte Russell.

Sie luden ihre Skier und Snowboards auf die Schlitten, und wenig später ging es zurück zum Schloss. Levinia und ihre Schwestern schwiegen so eisern, dass Johnny beinahe ein schlechtes Gewissen hatte.

»Ich habe einen Mordshunger«, gestand Russell, als sie wieder im Schloss waren und sich in ihrem Zimmer umzogen.

»Bis zum Abendessen musst du dich noch etwas gedulden«, sagte Johnny grinsend. »Aber unten gibt es Kaffee und Kuchen.«

»Und das sagst du mir erst jetzt?!« Russell sprang in seine gefütterte Hose und war schon an der Tür. »Was ist? Willst du nicht mitkommen?«

»Doch ...« Johnny wühlte in seinem Koffer. »Och nee. So ein Mist! Ich habe das Weihnachtsgeschenk für meine Mum zu Hause vergessen!«

»Du machst Witze!« Russell sah Johnny entsetzt an.

»Nein!« Johnny schüttete den gesamten Inhalt seines Koffers auf dem Boden aus. Aber das Parfüm, das er zusammen mit Cécile ausgesucht hatte, war nicht dabei. »So ein Gurkenkäse!«, schimpfte er. »Was soll ich denn jetzt ohne Geschenk machen?«

»Auf dem Weihnachtsmarkt würdest du bestimmt etwas finden«, überlegte Russell.

»Du bist genial!«, strahlte Johnny.

»Aber ich habe eigentlich keine Lust, noch einmal loszugehen«, stöhnte Russell.

»Ich könnte mir auch was Lustigeres vorstellen«, gab Johnny zu.

»Dann lass uns morgen früh gehen!«

»Nein, ich will das so schnell wie möglich erledigen. Aber wenn du keine Lust hast mitzukommen, gehe ich eben alleine.«

»Schon gut. Natürlich komm ich mit. Aber zuerst brauche ich eine kleine Stärkung. Sonst kann ich den Weg ins Dorf unmöglich schaffen«, sagte Russell.

Johnny sah ihn erfreut an und stopfte seine Sachen zurück in den Koffer. »Geh schon mal vor. Ich hole dich dann unten ab. Ich will vorher noch nach Erasmus sehen.«

Und während Russell nach unten in den Salon ging, lief Johnny hinauf in die Bibliothek, in der sie Erasmus zurückgelassen hatten.

Vorsichtig öffnete er die Tür und spähte hinein. Es war niemand da. »Erasmus?!«, rief er leise und sah sich suchend um. »Erasmus?!«

Das Regal, in das er den Schädel gestellt hatte, war leer. Aber das kannte Johnny ja schon. Denn obwohl er bloß als Schädel unterwegs war, war Erasmus erstaunlich mobil.

»Jetzt sag schon, wo du steckst!«, zischelte er und stolperte beim nächsten Schritt über einen Stapel Bücher.

»He, pass auf, wo du hintrittst!«, knurrte der Schädel. Er saß auf der Fensterbank hinter dem Vorhang.

»Warum hockst du denn da?«, fragte Johnny und stapelte die Bücher wieder aufeinander.

»Weil ich so gerne Verstecken spiele!«, brummte der Schädel. »Blöde Frage! Was meinst du, was hier die ganze Zeit los war. Deine versnobte Verwandtschaft scheint nichts Besseres zu tun zu haben, als den ganzen Tag in der Bibliothek herumzulümmeln.«

Johnny bekam einen Schreck. »Haben sie dich etwa gesehen?«

»Natürlich nicht. Und jetzt bring mich zurück ins Zimmer.«

Johnny hätte zwar gern geantwortet, dass ihm Erasmus' Ton nicht gefiel. Aber er ließ es auf sich beruhen. Ihm war hundertmal wohler, wenn er den Schädel unter Beobachtung hatte. Also steckte er ihn in seine Kapuze und ging zur Tür.

»Stopp!«, knurrte der Schädel. »Und was ist mit denen da?«

Irritiert sah Johnny sich um. »Was meinst du?«

»Na, die Bücher, die ich mir ausleihen möchte.«

»Die Bücher?! Der riesige Stapel ist von dir?«

»Von wem denn sonst? Und jetzt jammere nicht herum, sondern heb sie auf und bring sie in unser Zimmer.«

»Da muss ich ja dreimal laufen!«, beschwerte sich Johnny.

»Na und? Als ich so jung war wie du ...«

»Schon gut.« Johnny schnappte sich die obersten sechs Wälzer, die allein schon schwer genug waren, und trug sie zur Tür.

»Was ist mit dem Rest?«

»Den holen Russell und ich später. Wir müssen nämlich noch mal ins Dorf. Ich habe das Weihnachtsgeschenk für meine Mum vergessen.«

»Verstehe!«, brummte Erasmus. »Hast du schon mal daran gedacht, ihr etwas zu basteln? Das kam bei meiner Mutter immer gut an.«

»Du hattest eine Mutter?«, fragte Johnny giftig.

Es war gar nicht so einfach, mit einem Stapel Bücher unter dem Kinn nicht über die Teppichfalten zu stolpern.

»Warte mal!«, grunzte Erasmus in seiner Kapuze.

»Worauf?«, fragte Johnny genervt.

»Dreh dich mal um, damit ich besser sehen kann.«

Johnny drehte sich einmal im Kreis. »Kann ich jetzt weitergehen? Die Bücher sind nämlich verdammt schwer.«

»Wohin führt diese Treppe?«

Johnny blickte sich um. Am Ende des Gangs verschwanden drei Stufen hinter einem dicken Samtvorhang. »Woher soll ich das wissen?«

»Würdest du bitte mal nachsehen?«, forderte Erasmus ihn ungeduldig auf.

»Nein!«, sagte Johnny. »Hast du eine Ahnung, was diese verdammten Bücher wiegen?«

Erasmus grummelte zwar in seiner Kapuze, aber war dann still.

»Ich sehe nach, wenn Russell und ich vom Weihnachtsmarkt zurück sind«, versprach Johnny und drückte mit dem Ellenbogen die Türklinke zu seinem Zimmer herunter. Dort warf er die Bücher auf das Bett und stellte den Schädel auf den Tisch. Dann steckte er etwas Geld ein und ging hinunter, um nach seinem Assistenten zu sehen.

»Du hättest dir ruhig noch etwas Zeit lassen können«, empfing ihn Russell, als Johnny den Kopf in den Salon steckte. »Der Mohnstriezel schmeckt extrem lecker! Willst du nicht auch ein Stück probieren?«

»Nein, ich möchte zurück sein, bevor die Geschäfte schließen. Und jetzt komm!« Johnny packte Russell am Ärmel und zog ihn vom Teller mit den Sahnebaisers weg.

»He, warte! Die musst du unbedingt probieren!«, protestierte Russell und biss in ein Baiser, dass es nur so staubte.

7. Kapitel

Eine stürmische Nacht

Den Weg ins Dorf zu finden war kein Problem. Die Straßen waren inzwischen geräumt, sodass es sich gut laufen ließ. Außerdem ging es beständig bergab. Immer wieder kamen Johnny und Russell Menschen entgegen. Mütter, die ihre Kinder eilig auf dem Schlitten nach Hause zogen. Autofahrer, die vor jeder Kurve hupten, um auf sich aufmerksam zu machen. Und Bauern, die die Stalltüren verriegelten, bevor sie zurück ins Haus gingen.

»Wow, das ganze Dorf scheint auf den Beinen zu sein«, staunte Johnny.

»Kein Wunder, so kurz vor Weihnachten. Ich bin echt froh, dass ich die Geschenke für meine Eltern schon im Sommer besorgt habe.«

»So was tust du?«

Russell nickte. »Ich habe keinen Bock auf den Stress vor Weihnachten. Dieses Jahr rufe ich sie an Heiligabend an und verrate ihnen, wo ich ihre Geschenke versteckt habe.«

»Du planst echt voraus«, meinte Johnny, dem es nicht im Traum eingefallen wäre, mitten im Sommer Weihnachtsgeschenke zu kaufen.

Ein Auto hupte, und die Jungs sprangen zur Seite. »Der hat es aber eilig«, brummte Johnny.

»Stimmt. Und wir sollten auch einen Zahn zulegen, wenn du noch etwas kaufen willst«, meinte Russell und deutete auf die Geschäfte rund um den Marktplatz von Tattenberg. Die Verkäufer waren schon dabei, die Reklameschilder hereinzuholen, und an den Weihnachtsbuden wurden bereits die Rollläden heruntergelassen.

»Die machen schon zu?!«, rief Johnny erstaunt. »Es ist noch nicht mal halb sechs!«

Er flitzte zu einem Stand, der *Kunsthandwerk & mehr* anbot. Es war das *mehr*, das Johnny interessierte. Zwar gab es auch hier tönerne, handbemalte Krüge und freundliche Krippenfiguren. Aber schon eine Regalreihe höher schien die Abteilung der einheimischen Monster zu stehen. Da hockte die Figur einer alten Frau, die die unselige Spinnerin hieß. Der Riese Rübezahl schritt furchtlos durch einen mickrigen Tannenwald, und daneben ragte die hagere Gestalt einer Frau auf, deren Gesichtszüge so böse aussahen, dass einem das Blut in den Adern gefror.

»Ich mache jetzt zu«, brummte der Besitzer. »Wenn ihr etwas kaufen wollt, müsst ihr euch beeilen oder morgen wiederkommen. Also?«

»Ähm, ich weiß nicht«, sagte Johnny.

»Und ich kann nicht warten, bis du es dir überlegt hast.«

»Es ist nicht mal sechs Uhr«, protestierte Russell.

»Aber es ist dunkel, und die Raunächte stehen vor der Tür.« Der Mann ließ den Rollladen vor ihren Nasen herunter. Dann schloss er sorgfältig ab und stieg in sein Auto. »Ihr solltet auch besser zusehen, dass ihr nach Hause kommt!«, rief er und brauste davon.

Erstaunt sahen ihm die beiden Geisterjäger nach. »Der hatte ja gute Laune! Komm, vielleicht finden wir woanders etwas«, tröstete Russell seinen Freund.

»Heute Abend bestimmt nicht mehr«, antwortete Johnny und sah sich um.

In den letzten fünf Minuten, in denen sie sich die Auslage der Souvenirbude angesehen hatten, war es auf dem Marktplatz schlagartig leer geworden. Wie ausgestorben lag er mit einem Mal da. Und zu schneien hatte es auch wieder begonnen.

»Warum verziehen sich die Leute, sobald es dunkel wird?«, fragte Russell, als sie schlecht gelaunt wieder hinauf zum Schloss stapften.

»Aus demselben Grund, aus dem sie Schutzamulette in ihre Fenster hängen«, antwortete Johnny und deutete auf die erleuchteten Fenster, in denen statt Weihnachtssternen eiserne Pentagramme hingen. »Sie haben Angst!«

»Fragt sich bloß, wovor«, sagte Russell und wurde deutlich schneller.

Johnny beeilte sich, mit seinem Freund mitzuhalten. »Vor den Raunächten?«, schlug er vor.

»Nie davon gehört. Was soll das sein?«

»Ich weiß auch nicht, was das ist. Aber wozu haben wir einen allwissenden Schädel im Zimmer hocken. Er hat mir übrigens noch ein paar Aufträge für uns mitgegeben.«

»Nicht dein Ernst.«

»Doch. Wir sollen für ihn mindestens zwanzig fette Wälzer aus der Bibliothek in unser Zimmer schleppen. Und dann hat er noch eine Treppe entdeckt, von der er wissen will, wohin sie führt.«

»Ich sag doch, wir hätten den Schädel einfach in seinem Paket lassen und postwendend nach Blacktooth zurückschicken sollen!«, keuchte Russell. Es ging stetig bergan, und mit jedem

Schritt schienen die Flocken dichter und dichter zu werden. »So ein Wetter gibt es in Schottland nicht!«, schimpfte Russell.

Und auch Johnny sehnte sich plötzlich nach dem schottischen Nebel und den immergrünen Highlands. Es war einfach nur anstrengend, durch den Schnee zu stapfen. Als dann auch noch ein beißender Wind aufkam, der die Schneeflocken in wirbelnde Geschosse verwandelte, hatte er die Nase gestrichen voll.

»Wären wir bloß zu Hause geblieben!«, knurrte er und zog sich den Schal über Mund und Nase.

Verbissen kämpften sie sich voran, als Russell ganz plötzlich stehen blieb und auf ein gelbes Blinklicht deutete, das in ziemlich weiter Entfernung an ihnen vorbeifuhr. »Ist das ein Schneepflug?«, fragte er verwundert.

»Ich glaube schon!«, sagte Johnny.

»Was macht er dahinten? Warum fährt er nicht auf der Straße?«

Johnny sah dem Schneepflug schweigend nach, und dann hatte auch Russell begriffen. »Wir sind gar nicht mehr auf der Straße unterwegs, stimmt's?«

»Sieht ganz danach aus.«

»Ich habe überhaupt nicht gemerkt, dass wir vom Weg abgekommen sind«, beschwerte sich Russell.

»Sind wir aber«, murrte Johnny. »Wir müssen auf die Straße zurück, bevor wir uns verlaufen.«

Doch das war leichter gesagt als getan. Sobald das Räumfahrzeug verschwunden war, war es auch mit der Orientierung vorbei. Eine Weile stapften die beiden Geisterjäger schweigend nebeneinanderher.

»Bist du sicher, dass wir hier richtig sind?«, fragte Russell.

Johnny schüttelte den Kopf. Da tauchte direkt vor ihnen etwas auf. »Achtung, Mauer!«, warnte er seinen Freund.

Russell blieb abrupt stehen. »Alter, die habe ich überhaupt nicht gesehen! Guck dir mal die fetten Eiszapfen an, die daran herunterhängen!« Er hatte den Kopf in den Nacken gelegt und sah fasziniert nach oben.

»Pass auf, dass dir keiner auf den Kopf fällt.«

»Vielleicht wohnt hier jemand und lässt uns telefonieren. Mein Handy hat jedenfalls keinen Empfang.«

Russell stapfte hoffnungsvoll die Mauer entlang, und bald kamen sie an ein schmiedeeisernes Tor. Wegen des Schneetreibens konnten sie die Umrisse des Gebäudes dahinter nur undeutlich erkennen. Aber eins stand fest: Es brannte kein Licht. Überhaupt hatte Johnny ein ungutes Gefühl.

»Brr, ist das kalt!« Er schüttelte sich.

»Vielleicht gibt es hier irgendwo eine Klingel!« Suchend sah Russell sich um.

»Lass das!« Johnnys Geisterjägerinstinkt schlug Alarm. »Mir gefällt es hier nicht. Besser, wir verschwinden!« Er hatte den Satz gerade ausgesprochen, als in der Ferne sonderbare Töne zu hören waren. Luftstimmen, die aus allen Richtungen gleichzeitig zu kommen schienen.

Geistesgegenwärtig zog er Russell mit sich zu Boden.

»Bist du bekloppt? W-W-Was ist das?«, fragte Russell mit bebender Stimme.

»Lass den Kopf unten!«, zischte Johnny gegen den Wind, der die schrecklichen Töne begleitete. Ganz deutlich hörte man das Bellen von Hunden, das Wiehern von Pferden und das Grunzen von Schweinen. Dazwischen mischten sich Gewehrschüsse und die wilden Rufe von Jägern.

Die Jungen lagen der Länge nach im Schnee und hatten die Arme schützend über ihre Köpfe gelegt. Die Stimmen waren inzwischen ganz nah. Schließlich hielt Johnny es nicht mehr aus. Er musste wissen, was da los war, und sah nach oben.

Und da waren sie. Grau, zerrissen und furchtbar. Geister, so durchscheinend und bleich, als hätten sie im Nebel gebadet. Männer, Frauen und Kinder. Ein ganzes Heer zog heulend, stöhnend und zähnefletschend über sie hinweg. Riesige Geisterhunde, von denen nur die Konturen sichtbar waren, zerrten an ihren Leinen die Jäger voran. Donnernde Paukenschläge begleiteten den Lärm, der geradewegs aus der Hölle zu kommen schien.

Johnny stöhnte auf und presste sich die Hände, so fest er konnte, auf die Ohren. Dann brach der Lärm ab, und es war vorbei. Für einen Moment war er unfähig, sich zu bewegen.

Dann stieß er Russell an, der noch immer bäuchlings im Schnee lag und sich nicht rührte. »Alles in Ordnung?«

»Was?« Zu Johnnys Erleichterung setzte sich sein Freund sofort auf. »Was war das?!« Russell starrte ihn entsetzt an.

»Ich ... ich ...« Johnny hatte nach dem Spektakel ernsthaft Probleme, sich zu konzentrieren. »Die wilde Jagd ... Ich schätze, das war die wilde Jagd«, stieß er hervor.

»Wer?« Russell pökelte sich etwas aus den Ohren.

»Die wilde Jagd. Erasmus hat sie irgendwann mal erwähnt.« Johnny sah Russell verwirrt an. »Kannst du mal damit aufhören? Was holst du dir da die ganze Zeit aus den Ohren?«

»Kaugummi!«, sagte Russell, als wäre es das Normalste der Welt. »Funktioniert super. Ich habe nichts gehört. Aber ich glaube, es klebt noch etwas drin ...«

»Wo hattest du das Kaugummi so schnell her?«

»Aus meinem Mund. Woher sonst?«, erklärte Russell. »Und jetzt beeil dich, bevor sie wieder zurückkommen.«

Genau in diesem Moment fuhr erneut ein Schneepflug die Straße entlang.

»Da müssen wir hin!«, rief Russell.

Die beiden Geisterjäger folgten dem Schneepflug, so schnell sie konnten, und hatten die Straße bald erreicht.

Auf der frisch geräumten Fahrbahn kamen sie gut voran. Allerdings kroch die Kälte immer tiefer in ihre Jacken, Stiefel und Hosen.

»Hoffentlich laufen wir nicht in die falsche Richtung«, überlegte Russell.

»Hoffentlich kommt das Geisterheer nicht zurück«, murmelte Johnny und sah sich um.

Dann stieß er seinen Freund an. Scheinwerfer fraßen sich durch das Schneegestöber, und eine schwarze Limousine hielt direkt neben ihnen. Die Scheiben wurden heruntergelassen, und Anton lehnte sich aus dem Fenster. »Habt ihr Lust mitzufahren?«

Johnny und Russell wären vor Freude beinahe in die Luft gesprungen. Aber natürlich hätte das für zwei Geisterjäger mächtig uncool ausgesehen.

»Etwas früher hättest du wohl nicht vorbeikommen können?«, erkundigte sich Johnny und fand sich gleich darauf in den Armen seiner Mum wieder. Und auch sein Dad war mit an Bord.

»Ihr ahnt ja nicht, welche Sorgen wir uns gemacht haben, als dieser heulende Schneesturm losbrach«, sagte seine Mutter erleichtert.

»Ach was, die Jungs hätten auch ohne uns zurückgefunden«, meinte Johnnys Vater. »Oder, Männer?«

Die Männer mit den rot gefrorenen Nasen nickten und waren wahnsinnig froh, dass ihr Ausflug so glücklich endete.

8. Kapitel

Die verschlossene Tür

»Erasmus, du glaubst nie, was uns gerade passiert ist!«, rief Johnny, als sie wieder in ihrem Zimmer waren. »Wir sind der wilden Jagd begegnet! Oh Mann, du hättest sie sehen sollen!«

Erasmus lachte trocken auf. »Netter Versuch. Aber wenn du glaubst, ihr könntet euch davor drücken, meine Bücher aus der Bibliothek zu holen, irrst du dich.«

»Ich meine es ernst!«, rief Johnny aufgeregt. »Da waren Schweine und Hunde und Kinder und Jäger und ...«

»Sie haben einen Höllenlärm gemacht!«, stimmte Russell mit ein.

Jetzt hörte Erasmus auf zu lesen und sah die beiden aufmerksam an. »Ihr meint …«, er räusperte sich, »ihr glaubt also im Ernst, ihr seid dem Geisterheer begegnet?«

»Wir meinen es nicht, wir wissen es, du alter Klapperkopf!« Russell war ernsthaft empört. »Wir haben im Schnee gelegen und uns die Ohren zugehalten …«

Der Schädel war einen Moment still, dann holte er tief Luft. »Und Schweine sind auch dabei gewesen?«

»Und Hunde und Jäger und …«

»Schon gut«, unterbrach Erasmus die beiden. »Ich glaube euch. Schweine in einem Geisterheer … so was denkt sich niemand aus. Die Raunächte stehen vor der Tür. Es kann gut sein, dass die wilde Horde schon unterwegs ist.« Er sah die Jungen nun etwas freundlicher an. »Dass ihr euch in den Schnee geworfen habt, hat euch wahrscheinlich den Verstand gerettet. Ich bin stolz auf euch!«

»Na, dann ist ja alles gut«, brummte Johnny.

Erasmus beachtete ihn nicht. »Nicht jeder hätte so geistesgegenwärtig gehandelt. Ihr habt genau das Richtige getan. Ihr habt sie hoffentlich nicht angesehen, oder?«

»Ähm, nur ganz kurz!«, gab Johnny zu.

»Potz Blitz! Und wie fühlst du dich? Hast du Fieber? Schnupfen? Schwindel?«

Johnny spürte einen Moment nach. »Mir geht's gut. Glaube ich.«

»Du bist ein zäher Bursche!«, gab Erasmus zu. »Wisst ihr, was am besten gegen den Schrecken hilft? Arbeit! Ich meine das ganz ernst. Das Beste gegen Geisterschock ist Arbeit. Die Bücher, die ich gerade studiere, sind in keinem guten Zustand. Aber wenn man sich von verblichenen und verklebten Seiten nicht abschrecken lässt, erfährt man das eine oder andere interessante Detail. Stellt euch vor: Es gibt hier eine Rezeptur, die gegen Körperschlüpfer helfen soll!«

»Was sind denn Körperschlüpfer?«, fragte Russell beunruhigt.

»Das, wonach es sich anhört.« Erasmus klapperte belustigt mit dem Unterkiefer. »Es gibt sogenannte Schlupfgeister, die in Ermangelung eines eigenen Körpers einfach in fremde Körper hineinschlüpfen. Der Schaden, den sie dabei anrichten, ist enorm.« Der Schädel sah sich suchend um. »Ich glaube, das Rezept stand in dem Buch meines alten Freundes Kunrat. Es trägt den Titel: *Aufzeichnungen eines weisen Narren* und muss noch auf dem Stapel in der Bibliothek liegen. Also worauf wartet ihr? Bringt die Bücher her!«

Nur widerwillig machten sich die Geisterjäger auf den Weg. Sie glaubten Erasmus kein Wort. Von wegen, dass Arbeit jetzt das Richtige sei. So ein Quatsch! Außerdem waren ihre Beine schwer wie Blei. Zuerst das Snowboarden, dann das kilometerweite Stapfen durch den tiefen Schnee. Aber sie hatten keine Wahl. Sie wussten, dass Erasmus nicht eher Ruhe geben würde.

»Und vergesst nicht, hinter den Vorhang zu schauen! Ich möchte wissen, wohin die Stufen führen, die dahinter verschwinden«, rief der Totenkopf ihnen hinterher.

Johnny und Russell zogen die Tür wortlos hinter sich ins Schloss. »Ich glaube, die tätowierte Rübe hält uns für ihre Diener!«, schimpfte Russell.

Johnny nickte grimmig. »Nächstes Mal sperre ich ihn in meinen Koffer und schließe ab!«

In der Bibliothek war es glücklicherweise noch genauso leer wie am Vormittag. Auch der Stapel Bücher, den Erasmus sich ausgesucht hatte, stand noch immer unberührt an seinem Platz. Johnny und Russell schnappten sich jeweils die Hälfte des Stapels und wollten ihn gerade nach unten tragen, als ihnen die drei Mädchen entgegenkamen.

»Wir haben schon gedacht, ihr zwei seid auf Geisterjagd«, plapperte Trudi drauflos. »Levinia meinte allerdings, dass ihr schon schlaft, weil das Snowboarden so anstrengend war.«

»Halt den Mund!«, zischelte Levinia.

»Anstrengend?!«, fragte Johnny erstaunt. »Das ist nicht euer Ernst. Wir sind anschließend schnell ins Dorf gehüpft, um ein paar Geschenke zu besorgen. Und auf dem Rückweg haben wir noch einen Tourengang im Tiefschnee drangehängt.«

»Was verschenkt man als Geisterjäger denn so? Kreuze und Amulette?«, fragte Levinia, und ihre Schwestern sahen Johnny gespannt an.

»Ähm ja, Amulette«, antwortete Johnny. Er hörte nur mit halbem Ohr zu, denn ihm waren gerade die Stufen und der Vorhang wieder eingefallen.

»So ein Amulett würde mir bestimmt gut stehen«, seufzte Larissa.

»Halt mal kurz!« Johnny drückte Levinia seine Bücher in den Arm und flitzte ans andere Ende des Korridors.

»Wir sind gleich wieder zurück!«, versprach Russell und übergab seinen Stapel an Larissa.

Johnny hatte den Vorhang zurückgezogen und stand vor einer Tür, die mit Eisenketten und einem großen Vorhängeschloss gesichert war.

»Was ist denn das?«, fragte Russell hinter ihm.

»Sieht aus, als wollte man unbedingt verhindern, dass diese Tür geöffnet wird«, meinte Johnny.

»Vielleicht ist dahinter Rapunzel eingesperrt«, überlegte Trudi. Die drei Mädchen waren den Geisterjägern gefolgt.

»Ich werde Anton bei Gelegenheit fragen, was es mit dieser Tür auf sich hat.« Johnny zog den Vorhang wieder zu. Levinia und ihre Schwestern sollten nicht merken, wie viele Fragezeichen die schweren Eisenketten bei ihm hervorriefen. »Die Bücher sollen übrigens in unser Zimmer!«

Johnny lief die Treppe hinunter, und Russell schloss sich ihm sofort an.

Die Mädchen tauschten zwar einen verblüfften Blick. Dann folgten sie den beiden Geisterjägern aber die Treppe hinunter.

Kurz vor ihrem Zimmer stieß Russell Johnny an. »Du weißt schon, dass sie für uns die Bücher schleppen, oder?«

Johnny grinste. »Klar weiß ich das. Vielleicht lassen sie uns dann beim nächsten Mal in Ruhe!«

Vor ihrer Zimmertür warteten die beiden Jungs auf Levinia und ihre Schwestern.

»Sehr freundlich, dass ihr für uns die Bücher getragen habt. Den Rest schaffen wir alleine«, sagte Johnny und wollte Levinia den Stapel aus den Armen nehmen. Doch die trat einen Schritt zurück und wollte sie nicht hergeben. »Wir bringen sie euch gerne bis in euer Zimmer«, flötete sie und blinzelte ihren Schwestern zu.

»Oh ja, wir wollen euer Zimmer sehen«, krähte Trudi und bekam von Larissa dafür einen kleinen Knuff.

Johnny und Russell sahen sich nervös an. Der Schädel thronte schließlich mitten im Zimmer auf dem Tisch. Wenn die Mädchen ihn entdeckten, war es mit ihrem Geheimnis vorbei!

»Äääh! Wartet einen kleinen Moment«, sagte Johnny. »Wir, äh ... wir ...«

»Wir haben noch nicht aufgeräumt«, kam Russell ihm zu Hilfe.

»Genau!« Johnny zwängte sich durch einen Türspalt ins Zimmer und drehte den Schlüssel vorsichtshalber herum.

»Was ist denn da vor der Tür los?«, erkundigte sich Erasmus unwirsch.

»Unsere Fans haben uns vor der Bibliothek aufgelauert und sind uns bis hierher gefolgt.« Johnny konnte ein Grinsen nicht unterdrücken.

»Ihr habt Fans?« Der Schädel durchbohrte ihn beinahe mit seinem Mondsteinauge.

»Yep! Zu deiner Zeit nannte man sie: Bewunderer oder Verehrerinnen. Und deshalb musst du jetzt in den Schrank. Sie wollen die Bücher, die sie für uns mit größter Freude getragen haben, unbedingt persönlich im Zimmer abliefern.«

»Bewunderer ... aha! Und was genau bewundern sie an euch?« Erasmus klang fast ein bisschen patzig.

»Unser blendendes Aussehen, unsere Intelligenz, unseren Mut ...« Johnny grinste noch ein bisschen breiter.

»Aha! Interessiert sie nicht vielleicht noch etwas anderes?«

»Was meinst du?«

Erasmus sah Johnny mit seinem Mondsteinauge durchdringend an.

»Na ja, sie ... sie wissen, dass wir Geisterjäger sind ...«

»Sie wissen WAS?! Seid ihr komplett verrückt geworden?! Wisst ihr nicht, wie gefährlich das ist? Warum schreibt ihr es euch nicht gleich auf die Stirn?«

»Pssst!« Johnny hielt dem Schädel kurzerhand den Unterkiefer zu und sah erschrocken zur Tür. »Sie haben es aus der Zeitung! Wir haben ihnen nichts erzählt!« Er schob den Schädel in das oberste Regal des Schranks. »Und jetzt sei still! Dann erzähle ich dir nachher, was wir hinter dem Vorhang entdeckt haben.«

Erasmus grunzte unwillig, als Johnny die Schranktür hinter ihm schloss.

Eine Sekunde später ließ der junge Schotte die Mädchen und Russell herein.

»Das sieht aber immer noch nicht besonders aufgeräumt aus!« Trudi rümpfte die Nase und deutete auf all die Sachen, die verstreut im Zimmer herumlagen.

Levinia und Larissa warfen die Bücher auf das Bett und sahen sich neugierig um. »Sieht fast so aus wie bei uns«, stellte Larissa fest.

»Was habt ihr denn erwartet? Das hier ist schließlich nicht unser Büro«, sagte Russell beleidigt.

»Natürlich nicht. Aber irgendwelche magischen Waffen habt ihr doch sicher dabei. Dolche, Amulette, Kreuze oder so was«, meinte Levinia.

»Habt ihr wenigstens Ausweise? Wie die Ghostbusters?«, fragte Trudi.

»Was haltet ihr hiervon?« Russell hatte das silberne Wurfnetz in der Hand und ließ es um seinen Finger kreisen. Sofort entfaltete sich das Netz wie ein Pizzateig.

Johnny sah Russell warnend an.

»Wow, was ist das?«, staunten die Mädchen.

»Ein Wurfnetz, mit dem man Geister fängt«, erklärte Russell lässig, ohne auf Johnny zu achten.

»Kann ich auch mal versuchen?« Levinia streckte blitzschnell die Hand aus. Doch Russell war schneller. Er faltete das Netz zusammen und steckte es ein.

»Habt ihr noch mehr von solchen Sachen?«

»Klar. Aber die dürfen Normalsterbliche nicht berühren!«, sagte Russell.

»Normalsterbliche?« Levinia zog empört die Augenbrauen in die Höhe. »Und was seid ihr?«

»Geisterjäger!«, antwortete Johnny. »Und jetzt müsst ihr leider gehen. Wir haben noch zu arbeiten.«

Die Mädchen grinsten spöttisch. »Ihr seid ganz schöne Angeber!«, sagten sie und verließen kichernd den Raum.

Johnny schloss die Tür hinter ihnen ab. »Die wären wir los!«

Russell nickte und deutete auf die Bücher, die die Mädchen ihnen aufs Bett geworfen hatten. »Das ganze Zeug will Erasmus bis Weihnachten lesen?«

Johnny zuckte mit den Schultern. »Ich weiß auch nicht, wie er das macht.«

»Ähähämmm!«, räusperte sich Erasmus im Schrank. Johnny öffnete die Tür. »Das wurde aber auch Zeit!«, knurrte der Schädel. »Und über das Wurfnetz reden wir noch!«

»Möchtest du wissen, wohin die Stufen hinter dem Vorhang führen?«, lenkte Johnny das Gespräch in eine andere Richtung.

»Natürlich, was soll die Frage?«

»Die Stufen führen zu einer Tür, die mit dicken Eisenketten verschlossen ist.«

»Donnerwetter!« Der Schädel pfiff durch seine Zahnlücke. »Wie viele Eisenketten sind es?«

»Keine Ahnung. Ist das denn wichtig?«

»Natürlich ist es wichtig. Alles ist wichtig, wenn man herausfinden will, ob man es mit einem Spuk zu tun hat!«

»Einem Spuk?«, fragten Johnny und Russell gleichzeitig.

»Heilige Einfalt!« Erasmus sah die Jungs herablassend an. »Mir fallen nur sehr wenige Gründe ein, weshalb man eine Tür mit schweren Eisenketten bannt, wenn sich nichts Gefährliches dahinter verbirgt. Bei eurem Verstand sehe ich mir die Sache wohl am besten mal selbst an. Bringt mich zu der Tür!«

Johnny zögerte. »Wir wollen Levinia und ihren Schwestern nicht schon wieder über den Weg laufen.«

»Unsinn! Die Herzen junger Mädchen sind flatterhaft wie Schmetterlinge. Vermutlich interessieren sie sich überhaupt nicht mehr für euch, nachdem ihr sie die Bücher habt schleppen lassen!«

Johnny war heute eigentlich genug Treppen gelaufen. Trotzdem stopfte er den Schädel in die Kapuze seines Hoodies und machte sich mit ihm auf den Weg.

»Er sagt: ›Spring!‹ Und du fragst: ›Wie hoch?‹«, beschwerte sich Russell.

»So ein Quatsch«, brummte Johnny. »Ich möchte selber wissen, was hinter dieser Tür steckt. Vielleicht hat der Schädel ja eine Idee. Stell dir doch bloß mal vor, wir wären einem neuen Geheimnis auf der Spur.«

»Geheimnis? Ich wollte eigentlich bloß Weihnachten in den Bergen verbringen«, stöhnte Russell.

»Tust du ja. Aber wie genial wäre es, wenn auf unserer Website stehen würde, dass wir auch im Ausland auf Geisterjagd gehen.«

Plötzlich leuchteten Russells Augen. »Cool. Ich sehe es schon vor mir: *Johnny Sinclair und Russell Moore. Geisterjäger. Weltweit im Einsatz.*«

»Ich wusste doch, dass dir das gefällt«, sagte Johnny, während sie die Treppe hinaufliefen. »Hier ist es!«, flüsterte er dann in Richtung seiner Kapuze.

»Hol mich raus, damit ich mir die Sache ansehen kann«, verlangte Erasmus.

Johnny und Russell blickten sich vorsichtig um. Von unten drangen Stimmen zu ihnen herauf, aber das Stockwerk, in dem sich die seltsame Tür befand, war menschenleer.

Johnny schob den Vorhang zurück und nahm Erasmus aus seiner Kapuze. »Na, was sagst du?«

Der Schädel betrachtete eingehend die dicken Eisenketten,

die sich kreuz und quer über die Tür spannten. »Hier ist etwas Scheußliches passiert, so viel ist sicher«, brummte er. »Ich kann das Böse bis in den letzten Backenzahn spüren.«

Johnny und Russell sahen sich an. »Du weißt aber nicht zufällig, was genau hier passiert ist, oder?«

»Sehe ich aus wie Madame Mim mit ihrer Kristallkugel? Wenn ihr es genau wissen wollt, fragt den Jungen mit dem Spitzmausgesicht, der hier ständig im Schloss herumwuselt. Er kann euch sicher mehr erzählen!«

»Du hast recht«, sagte Johnny und verstaute Erasmus wieder in seiner Kapuze. Dann sah er Russell an. »Weißt du, wo Antons Zimmer ist?«

»Nein!«, gähnte der. »Lass uns morgen danach suchen. Mein Bedarf an Aufregung ist für heute gedeckt.«

Johnny spürte auf einmal auch, wie müde er eigentlich war. Also kehrten sie in ihr Zimmer zurück und verstauten Erasmus sicherheitshalber im Schrank.

Ein kluger Gedanke, denn wenig später schaute Johnnys Mutter herein, um ihnen eine gute Nacht zu wünschen. Sie war schon fast wieder aus der Tür, als ihr das hell erleuchtete Zimmer gegenüber auffiel. Sie stutzte.

»Ich glaube, da stehen drei Mädchen am Fenster und winken zu euch herüber.«

Johnny fühlte, wie seine Ohren rot wurden, während Russell wie ein Honigkuchenpferd grinste.

»Wollt ihr nicht mal zurückwinken?«, fragte Mrs Sinclair.

»Sie winken nicht mir, sondern Russell«, behauptete Johnny und warf Russell einen bissigen Blick zu.

Den schien das nicht weiter zu stören. »Sie winken uns beiden«, erklärte er noch immer grinsend.

»Na, das ist ja süß!« Und mit diesen Worten verließ Mrs Sinclair den Raum.

Johnny und Russell standen nebeneinander am Fenster. Und während Russell kräftig winkte, hob Johnny nur kurz die Hand.

»Hör auf! Das lockt sie nur an«, blaffte er und zog die Vorhänge mit einem Ruck zu. »Wenn hinter der Tür tatsächlich ein Geheimnis lauert, haben wir auch ohne die Mädchen ein Riesenproblem. Wir können niemanden gebrauchen, der unsere Ermittlungen stört.«

9. Kapitel

Am Galgenbaum

Es war spät geworden an seinem freien Tag. Sehr spät. Aber Sebastian hatte sich einfach nicht früher aufraffen und nach Hause fahren können. Beim Dartspiel mit seinen Freunden in Witzbühl hatte er einen Lauf und gewann eine Runde nach der anderen.

Jetzt saß er endlich in seinem kleinen Wagen und tuckerte Schloss Tattenberg entgegen. Als Chauffeur des Grafen lebte er in einer kleinen Dachgeschosswohnung direkt im Schloss.

Der Schneefall, der auf der Hinfahrt noch sehr stark gewesen war, hatte glücklicherweise aufgehört. Die Straßen waren inzwischen geräumt. In einem Anflug von Übermut beschloss er, eine Abkürzung zu nehmen. Der kleine Weg war kaum befahren, und man sparte dadurch eine glatte Viertelstunde.

Mit Schwung bog Sebastian von der Hauptstraße ab. Der Schnee knirschte unter seinen Reifen. Der letzte Schneepflug musste vor Stunden hier vorbeigekommen sein. Für einen Moment dachte Sebastian daran umzukehren, doch dann entschied er sich dagegen.

Die schmale Straße zwischen den hohen Felsen war nicht besonders lang, und er hatte sie bald hinter sich gelassen. In gemütlichem Tempo rollte er hinunter ins Tal. Keine Menschenseele war zu dieser nachtschlafenden Zeit unterwegs. Aber der Vollmond ließ den frisch gefallenen Schnee glänzen und erleuchtete mit seinem kalten Licht auch den Totengrund ...

Sebastian spürte, wie ihm ein Schauer über den Rücken lief. Hundert unheimliche Geschichten fielen ihm zu diesem Ort ein. Dann rief er sich selbst zur Ordnung. »Unsinn!«, murmelte er. Dieses Tal hieß Zwieseltal und nicht anders!

Trotzdem gab er ein wenig Gas. Die Tannen standen wie Wächter zu seiner Linken, und fast schien es, als würden sie sich im vorbeihuschenden Licht der Scheinwerfer bewegen. Sebastian schaltete das Radio ein. Vielleicht konnte ein bisschen Musik die düsteren Gedanken vertreiben.

Vor ihm tauchte die tausendjährige Eiche auf, die direkt an der Kreuzung nach Tattenberg stand. *Galgenbaum*, raunte eine Stimme in seinem Kopf. Sebastian drehte das Radio lauter. Zu allem Überfluss fing es nun auch noch an zu schneien. Er schaltete die Scheibenwischer an und fluchte leise. Es war seltsam, was die Dunkelheit und die eigenen Gedanken auslösen konnten.

In zügigem Tempo näherte er sich der Kreuzung.

Und plötzlich war sie da! Wie aus dem Nichts stand die alte Eiche vor ihm auf der Straße. Die kahlen Äste wie Arme ausgebreitet, um nach ihm zu greifen. Sebastian riss das Lenkrad herum und blieb mit einem dumpfen *Buff* in einer Schneewehe stecken.

»Verdammter Mist!«, fluchte er und legte den Rückwärtsgang ein. Das helle Surren der durchdrehenden Räder ließ nichts Gutes vermuten. Wieder und wieder versuchte sich der erfahrene Chauffeur aus dem Schnee zu befreien. Dann gab er es auf. Die Zwieselalm war nicht weit, doch vorher wollte er noch den Trick mit den Fußmatten versuchen.

Er stieg aus dem Wagen und schob eine der Matten unter den Reifen. Als er sich wieder aufrichtete, bemerkte er zwei Gestalten, die unweit entfernt standen und ihn beobachteten. Die Kapuzen tief ins Gesicht gezogen, starrten sie schweigend zu ihm herüber. Schneeflocken wirbelten um sie herum.

Sebastian spürte, wie sich seine Nackenhaare langsam sträubten. Nervös leckte er über seine trockenen Lippen.

»Guten Abend!«, rief er dann so normal wie möglich. Doch seine Stimme klang rau wie Schmirgelpapier.

Die zwei Gestalten glitten auf ihn zu. Eisblaue Augen starrten ihn aus immer dichter werdendem Schneegestöber an. Sebastian ließ die zweite Fußmatte fallen und stürzte zur offenen Fahrertür. Da packte ihn etwas im Nacken.

Es knisterte und knackte wie Eis auf einem gefrorenen See, als zuerst seine Zehen und dann sein restlicher Körper erstarrte.

10. Kapitel

Vermisst

Am nächsten Morgen hatten die Geisterjäger eindeutig verschlafen. Das heißt, wenn man im Urlaub überhaupt verschlafen kann.

Als Johnny und Russell hinunter zum Frühstück gingen, war es beinahe elf Uhr. Vom Büfett war nicht mehr viel übrig. Die Jungs konnten sich glücklich schätzen, überhaupt noch etwas abzubekommen.

Schon auf dem Weg ins Speisezimmer fiel ihnen die Geschäftigkeit ihrer Verwandten auf. Manche tranken ihren Kaffee im Stehen, andere zogen bereits ihre dicken Wintermäntel an. Und auch Johnnys Vater sah ungeduldig auf die Uhr.

»Ist was passiert?«, erkundigte sich Johnny und biss nebenbei in sein Brötchen.

»Onkel Alberts Chauffeur ist verschwunden.«

»Sebastian?«

»Ja, so heißt er wohl.«

»Was meinen Sie mit *verschwunden*?«, fragte Russell.

»Na, er ist weg. Wir stellen gerade einen Suchtrupp zusammen. Wenn ihr wollt, könnt ihr euch uns anschließen.«

»Das machen wir«, sagte Johnny. »Kommt Onkel Albert auch mit?«

»Nein. Er ist mit dem Taxi zu einem Termin gefahren, aber er war in großer Sorge.«

»Warum war er gleich in Sorge?«

Sein Vater sah ihn ungeduldig an. »Woher soll ich das wissen? Vermutlich war der Mann sehr zuverlässig. Onkel Albert hofft ja auch, dass er bald wieder auftaucht. Trotzdem hat er die Polizei verständigt. Aber die fangen ja erst nach drei Tagen mit der Suche an, wenn es sich um einen Erwachsenen handelt.«

Johnnys Vater zog sich den Reißverschluss seiner Jacke bis unter das Kinn und gesellte sich zu der kleinen Gruppe, der sich auch Johnnys Mutter angeschlossen hatte.

»Wir gehen mit Anton!«, rief Johnny. Seine Eltern nickten.

»Geht Anton überhaupt suchen?«, fragte Russell.

»Bestimmt. Dahinten ist er ja. Och nee!« Johnny blieb stehen und wäre am liebsten sofort umgedreht.

»War doch logisch, dass die Mädchen auch dabei sind«, meinte Russell.

Anton hatte bereits eine ganze Schar junger Verwandter um sich versammelt. »Wir teilen uns auf! Alles andere macht keinen Sinn«, sagte er gerade. »Die einen gehen mit Tobi. Er ist in Tattenberg geboren und kennt die Gegend wie seine Westentasche. Die anderen kommen mit mir!«

»Ich könnte ihn mir in ein paar Jahren als Österreichs jüngsten General vorstellen«, lästerte Russell.

Aber Johnny hörte gar nicht zu. Er drängte sich durch die Menge. »Russell und ich gehen mit dir!«, sagte er zu Anton.

»Wir auch!«, lächelte Levinia.

»Okay. Wir suchen in den Bergen rund um die Zwieselalm. Die gehört zum Schloss, und wir können die Motorschlitten nehmen.«

»Motorschlitten?«, staunte Russell. »Die dürfen wir nie und nimmer fahren.«

Anton zuckte mit den Schultern. »Die Zwieselalm gehört zum Schloss. Privatgelände sozusagen. Kann jemand von euch Schneemobil fahren?«

Johnny meldete sich. »Mein Dad hat mich mal in Kanada fahren lassen. Geht eigentlich ganz leicht.«

Und auch Levinia hob die Hand. »Ich bin auch schon ein paarmal mit einem Motorschlitten gefahren.«

»Dann ist ja alles klar. Wir haben drei Schlitten im Stall untergestellt. Die leihen wir uns aus, und los geht's. Johnny, Levinia und ich nehmen die übrigen mit!«, sagte Anton.

Russell und Johnny bildeten ein Team. Levinia nahm ihre kleine Schwester Trudi mit, und Anton fuhr mit Larissa voraus. Vorsichtshalber warteten sie, bis sich die übrigen Suchtrupps auf den Weg gemacht hatten, und fuhren dann in entgegengesetzter Richtung davon.

Mit dem Motorschlitten ging es Johnny wie mit dem Snowboard. Er brauchte eine Weile, um sich an das Gefährt zu gewöhnen, und war dankbar für jeden Meter, den es nur geradeaus ging. Doch mit der Zeit wurde er immer sicherer und mutiger. Zuletzt zischte er sogar übermütig an Levinia und Anton vorbei und setzte sich an die Spitze.

»Alter, pass auf, was du tust!«, stöhnte Russell, dem die Sache nicht hundertprozentig geheuer war.

»Nicht so schnell!«, mahnte auch Anton und hielt kurz unter der Zwieselalm an. »Denkt dran, dass wir nicht zum Spaß unterwegs sind. Wenn wir zu schnell fahren, übersehen wir vielleicht einen Hinweis auf Sebastian.«

»Wann wurde Sebastian eigentlich das letzte Mal gesehen?«, fragte Johnny.

»Und wo wurde er zuletzt gesehen?«, fragte Russell.

»Warum wird er überhaupt vermisst? Er ist doch erwachsen und kann machen, was er will«, mischte sich jetzt auch Levinia ein.

»Ihr kennt Sebastian nicht!«, erwiderte Anton ungeduldig. »Er ist seit dreißig Jahren Chauffeur der Tattenbergs. Die Zuverlässigkeit in Person. Heute Morgen hätte er meinen Großvater zur Hauptversammlung der Winzerinnung fahren sollen. Aber er war nirgends zu finden. Sein Bett ist auch unberührt. Allerdings fehlt sein Auto ...«

»Na also. Er hat bestimmt einen Ausflug gemacht«, meinte Russell.

Anton schüttelte den Kopf. »Dann wäre er längst wieder zurück. Ich sagte doch, dass er sehr zuverlässig ist.«

»Wenn Sebastian mit dem Auto unterwegs war, muss er die Straße genommen haben«, überlegte Levinia. »Vielleicht hatte er einen Unfall. Es macht überhaupt keinen Sinn, ihn hier zwischen den Bergen zu suchen.«

Die drei Schlitten hielten an. »Klingt logisch«, sagte Russell.

»Aber wenn er an einer Straße liegen geblieben wäre, hätte man ihn doch sicher längst gefunden«, gab Johnny zu bedenken.

Plötzlich hatte Anton eine Idee. »Nicht, wenn er gestern Nacht eine Abkürzung genommen hat. Es gibt eine schmale Verbindungsstraße zwischen Witzbühl und Tattenberg. Kommt mit!«

Anton fuhr voran, und die anderen beiden Schlitten folgten ihm. Aufmerksam suchten die Kinder die Gegend ab. Da stieß Russell Johnny auf einmal an. »Sieh mal, der Baum dort! Der kommt mir irgendwie bekannt vor.«

»Ihr seid hier gestern vorbeigekommen, nachdem ihr die Piste verlassen habt!«, rief Anton ihm zu. »Die Straße kennen eigentlich nur Einheimische. Im Winter fährt hier fast niemand.«

»Scheinbar doch«, sagte Levinia und deutete auf einen unförmigen Schneehügel, der mit viel Fantasie aussah wie ein Auto.

Die drei sausten auf ihren Motorschlitten den Hügel hinunter. »Das ist der Kreuzweg von gestern«, rief Johnny gegen den Fahrtwind.

»Und da steht etwas!«, rief Russell aufgeregt.

Die Kinder hielten an und näherten sich zögernd dem seltsamen Gebilde. Dann fingen sie an, den Schnee mit bloßen Händen beiseitezuschieben, und hielten verblüfft inne. Johnny hatte so etwas noch nie gesehen. Das Auto, das unter dem Schnee zum Vorschein kam, sah aus, als hätte man es in einem Eiswürfel tiefgefroren.

Sofort drückten die Kinder ihre Nasen gegen das Eis, um in das Innere des Wagens zu gucken.

»Es ist leer«, sagte Johnny und drehte sich zu Anton um.

Der war plötzlich weiß wie der Schnee. Nur um seine Nase lag ein grünlicher Schimmer. So, als würde ihm jeden Moment schlecht werden.

11. Kapitel

Späte Rache

»Wir müssen reden«, sagte Johnny zu Anton, als sie aufs Schloss zurückgekehrt waren.

Nachdem sie Sebastians Wagen gefunden hatten, riefen sie Frau Bergammer an, und die verständigte die Polizei und die Suchtrupps. Natürlich gab es wegen der Schneemobile Ärger. Aber zum Glück waren die Erwachsenen so erstaunt über den Zustand des Autos, dass die Sache schnell in Vergessenheit geriet.

»Du hast recht!«, erwiderte Anton ernst. »Es gibt da so einiges, das ihr wissen solltet. Kommt heute Nachmittag zu mir. Aber lasst mich zuerst mit meinem Großvater reden und ihn über den Stand der Dinge informieren.«

Die Eltern der drei Mädchen waren noch einen Tick weniger entzückt über die Spritztour ihrer Töchter, als Johnnys Eltern es waren. Aber die hatten ja auch schon mit ihrem Sohn in den Karpaten gezeltet.

Sie verlangten von ihren Töchtern, dass sie für den Rest des Tages in ihrer Nähe blieben.

»Unglaublich, was ihr euch da wieder geleistet habt!«, schnaubte ihre Mutter. »Ihr hättet euch alle das Genick brechen können! Wir fahren heute Nachmittag nach Innsbruck, und ihr kommt mit!«

Johnny und Russell unterdrückten ein Grinsen, als die Mädchen mit mürrischen Gesichtern hinter ihrer Mutter hertrotteten.

»Die Schneemobilsause war so was von cool!«, schwärmte Russell. »Wenn meine Mum davon wüsste, würde sie mich mein Leben lang nicht mehr aus den Augen lassen.«

Johnny hatte die Tour auf den Motorschlitten auch riesig Spaß gemacht.

»Hast du eine Idee, was Anton uns heute Nachmittag erzählen will? Er klang reichlich geheimnisvoll«, sagte Russell.

»Vielleicht weiß er, was mit dem Auto passiert ist. Ist dir übrigens aufgefallen, dass die Polizisten nicht besonders erstaunt waren, als sie den Wagen gesehen haben?«

»Ja, seltsam«, murmelte Russell. »Sehr seltsam.«

Die Zeit zwischen dem Mittagessen und ihrer Verabredung mit Anton verging wie im Flug. Überall standen Grüppchen zusammen und sprachen über Sebastian. Jeder hatte eine andere Vermutung, was mit ihm geschehen war. In eine Felsspalte gefallen, sagten die einen. Von einer Eislawine verschüttet, die anderen. Manch einer glaubte sogar, er sei bis nach Argentinien ausgewandert, weil er etwas ausgefressen hatte.

Johnny nutzte die Zeit nach dem Essen, um Cécile anzurufen. In zwei Tagen war Heiligabend, und er hatte noch immer kein Geschenk für seine Mutter. Während Russell sich noch eine Portion Tiramisu genehmigte, ging er hinauf in sein Zimmer, um zu telefonieren. Er stieß die Tür auf und sah gerade noch, wie der Schädel blitzschnell unter das Bett kullerte.

»Warum rollst du hier im Zimmer herum?!«, rief er erstaunt. »Ich hatte dich doch in den Schrank gesetzt.«

»Johnny!«, knurrte der Schädel erleichtert. »Warum zum Teufel klopfst du nicht an? Ich dachte, du wärst deine Mutter!«

»Wärst du dort geblieben, wohin ich dich gestern Abend gesetzt habe, wäre dir der Stress erspart geblieben.«

»In diesem muffigen Schrank, in dem es von Holzwürmern nur so wimmelt? Vergiss es! Und jetzt wäre es sehr freundlich, wenn du mich auf die Fensterbank setzen könntest. Ich möchte noch lesen. Außerdem finde ich es überaus interessant zu beobachten, wer so alles im Schloss ein und aus geht.«

»Da hättest du gestern Abend sitzen sollen«, sagte Johnny und kramte nach seinem Handy. »Der Chauffeur von Graf Tattenberg ist nämlich verschwunden. Und während du deine nicht vorhandene Nase in vergilbte Bücher gesteckt hast, haben Russell und ich sein Auto gefunden. Es war total vereist! So was hast du noch nicht gesehen!«

»Moment. Du redest wie ein Wasserfall«, unterbrach Erasmus ihn. »Der Chauffeur ist weg, und ihr habt sein Auto gefunden, richtig?«

»Sein vereistes Auto!«, berichtigte Johnny. »Es sah aus, als würde es in einem Eiswürfel stecken.«

»War er noch drin?«

»Du meinst den Chauffeur? Nee, der war weg.«

Erasmus wollte noch etwas fragen, aber da hatte Johnny bereits Céciles Nummer gewählt. Schon nach dem zweiten Klingeln war sein Kindermädchen dran.

»Hallo, mein Mairübchen!«, gurrte Cécile ins Telefon. »Wie nett, dass du auch mal an dein altes Kindermädchen denkst. Habt ihr es schön in Österreich? Liegt dort Schnee? Hier regnet es Bindfäden. Ich glaube, mir wachsen bereits Schwimmhäute. Zum Glück ist mein Bruder mit seiner Familie da. Zusammen machen wir es uns gemütlich.«

Johnny wartete, bis Céciles Redeschwall verklungen war. »Schön, dich zu hören«, sagte er. »Hier ist es toll. Der Schnee liegt meterhoch. Und die Verbindung scheint auch gut zu sein.«

»Ich stehe im Burghof«, erklärte Cécile. »Ich will gleich runter ins Dorf. Etwas Lametta kaufen. Die Kleinen von meinem Bruder sind ganz verrückt nach Glitzer und Glimmer.«

»Du fährst nach Blacktooth? Das ist ja super! Ich habe nämlich Mums Geschenk vergessen.«

»Das Parfüm, das wir zusammen ausgesucht haben?«, unterbrach Cécile ihn empört.

»Ja, genau. Könntest du es mir nicht per Express schicken? Bitte, Cécile! Es ist wirklich dringend ...«

»Hm«, grunzte Cécile. »Eigentlich dürfte solche Gedankenlosigkeit nicht noch belohnt werden. Aber es geht ja nicht um dich, sondern um deine Mum.«

»So ist es.« Johnny hörte, wie Cécile sich in Bewegung setzte und schnaufend die Treppen hinaufstieg. »Also gut. Ich schicke es dir«, sagte sie. »Aber jetzt muss ich auflegen. Lass uns noch einmal telefonieren, wenn das Päckchen angekommen ist.«

»Es scheint der haitianischen Mambo gut zu gehen«, bemerkte Erasmus, nachdem Johnny aufgelegt hatte.

»Das tut es«, sagte Johnny. »Aber jetzt muss ich los. Russell und ich sind nämlich gleich mit Anton verabredet. Er will uns etwas Wichtiges erzählen.«

Und mit diesen Worten schlüpfte Johnny aus der Tür. Russell

kam ihm schon auf der Treppe entgegen. »Wo hast du so lange gesteckt?«, rief er.

»Ich habe Cécile wegen des Parfüms angerufen. Sie schickt es mir per Express.«

»Genial!«, befand Russell. »Ich weiß übrigens inzwischen, wo Antons Zimmer ist. Komm mit!«

Wenig später standen die beiden Geisterjäger vor seiner Tür. Johnny wollte gerade anklopfen, da riss Anton auch schon die Tür auf. »Planänderung«, sagte er und kam zu ihnen raus auf den Flur. »Ich habe meinem Großvater von eurer Geisterjägeragentur erzählt.«

Johnny und Russell sahen sich erschrocken an. »Du hast was?«

»Ich habe ihm von euch erzählt. Im Netz findet man ein paar nette Artikel über eure Arbeit.«

Johnny schluckte. Die Einzigen, die diese Artikel noch nicht gelesen hatten, waren seine Eltern. Vermutlich googelten sie selten nach seinem Namen. Und er hatte keinerlei Interesse daran, dass sich daran etwas änderte.

»Es wäre besser, wenn die Geisterjägergeschichte unter uns bleibt«, sagte er daher.

»Keine Angst. Mein Großvater ist verschwiegen wie ein Grab.« Anton hüpfte vor ihnen den Flur entlang und blieb schließlich vor einer Tür stehen. »Die Privatzimmer meines Großvaters«, erklärte er und klopfte an.

Graf von Tattenberg saß an einem wuchtigen Schreibtisch und blickte ihnen entgegen. »Nehmt Platz!« Er deutete auf drei unbequem wirkende Stühle. »Ihr seid also Geisterjäger!«, kam er sofort zur Sache. »Sogar der *Scotsman* hat schon über euch berichtet.«

»Das ist richtig, Sir!«, antwortete Johnny. Das »Onkel« wollte ihm nicht so recht über die Lippen kommen. Denn genau genommen kannte er den Grafen überhaupt nicht. Auch wenn sie miteinander verwandt waren.

»Hm.« Der Graf blickte auf seine Hände, die ruhig vor ihm auf dem Schreibtisch lagen. »Als Erstes möchte ich mich bei euch bedanken, dass ihr euch heute Vormittag an der Suche nach Sebastian beteiligt habt.«

»Keine Ursache«, murmelten die Geisterjäger.

»Was haltet ihr von der Sache?«

Johnny sah ihn fragend an. »Was meinen Sie?«

»Alles ... Das ganze Drumherum ... Sebastians Verschwinden, der Zustand des Autos ...«

»Ich finde es sehr seltsam«, gab Johnny zu und versuchte dabei so erwachsen wie möglich zu klingen.

»Es gibt da diese Geschichte. Eine Geschichte, die eng mit der Familie Tattenberg verbunden ist«, setzte der alte Mann an.

Gespannt hörten Johnny und Russell zu.

»Vor mehr als zweihundert Jahren lebte auf Schloss Tattenberg eine Gräfin. Ihr Name war Violante von Tattenberg. Sie hatte in diese Familie eingeheiratet, kurz nachdem die erste Frau des Grafen in ihrer Kutsche verunglückt war. Ihre Ehe stand unter keinem guten Stern. Denn bereits zwei Jahre nach der Hochzeit verstarb auch der Graf, unter mysteriösen Umständen. Man munkelte, dass Violante etwas damit zu tun hatte. Im Dorf glaubte man schon lange, dass sich die Gräfin mit den dunklen Künsten beschäftigte. Violante war eine schöne Frau. Aber sie hatte ein Herz aus Eis. Ihr Gesicht war so kalt, als wäre es aus Marmor gemeißelt. Sie war klug und jähzornig. Trotzdem fiel es ihr leicht, die Menschen um den Finger zu wickeln. Nur ein Jahr später heiratete sie den Bruder ihres verstorbenen Mannes, meinen Ururgroßvater. Das sorgte für Tuschelei unter den Dienstboten, denn jetzt hatte sich die Gräfin den letzten Erben von Tattenberg geschnappt. Nun hatte sie das Sagen im Schloss, und niemand konnte verhindern, dass sie sich mehr und mehr der schwarzen Magie verschrieb. In den Dörfern passierten von nun an seltsame Dinge. Streunende Katzen versammelten sich auf dem Marktplatz, als würden sie auf etwas warten. Kühe gaben keine Milch mehr. Und immer wieder fanden Jäger erfrorene Hirsche im Schnee. Schnell machten Gerüchte die Runde, die Gräfin würde hinter alldem stecken, weil sie in Wahrheit eine Hexe sei. Ob wirklich etwas daran war – wer weiß.

Meinem Ururgroßvater wurde es jedenfalls bald zu bunt. Er verlangte von seiner Frau, der Zauberei abzuschwören, und drohte, sie andernfalls zu verlassen. Die Gräfin war außer sich vor Zorn, als mein Ururgroßvater sie in ihren Räumen aufsuchte, um sie zur Rede zu stellen.« Der alte Graf blickte aus dem Fenster. »Es soll ein eiskalter Dezembertag gewesen sein, so wie heute. Dicke Eiszapfen hingen von den Fenstersimsen, trotzdem standen die Fenster weit offen. Vielleicht wollte Violante bloß lüften. Vielleicht war aber auch ihr Herz so kalt, dass sie nicht fror.

An jenem Tag waren drei Gärtner damit beschäftigt, die Rhododendren vom Schnee zu befreien, als sie wütende Stimmen hörten. Die Männer schauten auf und sahen, wie der Graf und die Gräfin am offenen Fenster stritten. Die Gräfin hatte ihnen den Rücken zugewandt und war fuchsteufelswild. Dann sahen sie, wie sie nach einem Eiszapfen tastete ... Die Männer schworen, dass ein kaltes, blaues Feuer durch ihren Körper lief, sobald sie den Eiszapfen berührte. Dann lächelte die Gräfin, beugte sich vor und gab dem verdutzten Grafen einen Kuss. Augenblicklich soll ein Knistern durch seinen Körper gegangen sein, und er gefror zu Eis.«

»Boah!« Johnny und Russell schüttelten sich. So lebendig stand die Szene vor ihren Augen.

»Ich wette, es geschah in dem Zimmer hinter der verschlossenen Tür«, vermutete Russell.

»Du hast vollkommen recht, junger Mann«, erwiderte der Graf.

»Und was geschah dann?«, fragte Johnny gespannt.

»Meinem Ururgroßvater ging es bald besser. Sie haben ihn rechtzeitig wieder aufgetaut. Aber es heißt, er habe zeit seines Lebens bei Schnee keinen Fuß mehr vor die Tür gesetzt.«

»Und die Gräfin ... was ist mit ihr passiert?«

»Die Gärtner, die alles mitangesehen hatten, trommelten die Dorfbewohner zusammen, und es begann eine wahre Hexenjagd. Violante und ihre Zofe flohen in letzter Sekunde aus dem Schloss. Die Dorfbewohner verfolgten sie mit Fackeln, Gewehren und Mistgabeln, als würden sie ein Monster jagen. Aber sie konnten die Frauen nicht einholen. Die beiden flogen nur so über den Schnee und entkamen über das brüchige Eis des Sees.«

»Puh, das ist heftig«, murmelte Johnny.

»Die Geschichte ist noch nicht zu Ende«, erklärte der Graf. »Der Legende nach tauchten genau ein Jahr später, um die Weihnachtszeit, zwei Frauen im Ort auf. Sie kamen nach Einbruch der Dunkelheit. Und am nächsten Morgen wurde einer der Gärtner, der die Gräfin damals beobachtet hatte, angeblich erfroren in seinem Haus gefunden.«

»In seinem Haus?«, wunderte sich Russell.

Der Graf nickte. »Seitdem wiederholt sich die Geschichte. Je weiter es auf Weihnachten zugeht, desto ängstlicher werden die Menschen. Nach Einbruch der Dunkelheit traut sich kaum noch jemand auf die Straße.«

»Und das passiert jedes Jahr?«

»Nicht jedes Jahr, aber immer wieder. Und das seit mehr als zweihundert Jahren. Dann kommt sie und sucht einen Nachfahren der Dorfbewohner auf, die sie aufs Eis getrieben haben, oder jemanden aus unserer Familie.«

Johnny und Russell sahen sich an. Beide dachten sofort an Onkel Munk, der mit Erfrierungen ins Krankenhaus gekommen war.

»Ähm, hat die Sache mit Onkel Munk auch was damit zu tun?«, fragte Jonny.

Der Graf sah Johnny an. »Das ist zu befürchten, ja! Aber sei unbesorgt. Wenn wir nachts die Fenster geschlossen halten, kann uns nichts passieren. Man hat alle persönlichen Gegenstände der eiskalten Gräfin, wie sie seitdem genannt wird, vernichtet. Auf diese Weise kann sie das Schloss nicht mehr betreten. Aber los werden wir ihren Geist wohl nie.« Der alte Graf stand auf und seufzte.

»Wir ... wir ...« Johnny zögerte. »Wenn Sie wollen, sehen wir uns die Sache mal an!«

Russell warf ihm einen nervösen Blick zu.

Der Graf lachte auf und tätschelte im Vorbeigehen Johnnys Schulter. »Das ist sehr anständig von dir, mein Junge. Aber ich fürchte, der Fall ist ein paar Nummern zu groß für euch.«

»Warte, Großvater!«, rief Anton. »Vielleicht können die beiden doch helfen.«

Doch der Graf ging gar nicht darauf ein. »Ihr seid gute Kinder!«, murmelte er nur mutlos und verschwand im Nebenzimmer.

12. Kapitel

Nichts für Feiglinge!

»Tja, da kann man wohl nix machen«, sagte Russell. »Unsere Dienste werden hier anscheinend nicht mehr gebraucht.« Er versuchte zwar, es sich nicht anmerken zulassen, aber die Erleichterung stand ihm ins Gesicht geschrieben.

»Vielleicht können wir uns die Sache trotzdem durch den Kopf gehen lassen«, sagte Johnny.

»Bist du verrückt? Die eiskalte Gräfin wäre der gefährlichste Geist, mit dem wir es je zu tun gehabt haben!«

Johnny grinste. »Wie sagt Erasmus immer: *Man wächst mit seinen Aufgaben*.«

Anton klatschte begeistert in die Hände. »Das könnte von mir sein! Ihr seid echt super!«

»Moment, Moment!«, protestierte Russell. »Niemand hat gesagt, dass wir den Fall übernehmen. Du könntest dich uns sowieso nicht leisten.«

»Das lass mal meine Sorge sein«, erwiderte Anton.

»Okay, gib uns etwas Zeit, um uns zu beraten«, bat Johnny. »Russell hat recht. Es wäre unser größter Auftrag, und ich kann das nicht alleine entscheiden.«

»Gut. Ich brauche eure Antwort bis heute Abend. Morgen wird es hier nämlich richtig voll. Wir erwarten noch ein paar Gäste, die über Nacht bleiben.«

»Wir melden uns bei dir«, versprach Johnny, während die beiden Geisterjäger das Zimmer verließen.

»Hast du sie nicht mehr alle?!«, flüsterte Russell mit der Diskretion eines Bahnhofslautsprechers. »Dieser Geist kann uns umbringen, glaub mir! Er wird Tiefkühlpizza aus uns machen!«

»Wir übernehmen den Fall ja nicht allein. Erasmus wird uns begleiten!«

»Erasmus? Dem Holzkopf kann es doch egal sein, ob man ihn tiefkühlt oder nicht. Er könnte sich sogar alleine wieder auftauen. Wir leider nicht!«, schimpfte Russell, während sie in ihr Zimmer zurückkehrten.

»Höre ich da etwa das melodische Quaken eines Frosches? Ach nein, es ist bloß Russell Moore. Schön, dass ihr wieder da seid, Jungs!«, stichelte der Schädel.

»Hör auf, ihn zu ärgern«, schnaubte Johnny. Auch wenn er es nicht zugeben wollte, war er nervös und alles andere als sicher, ob sie den gefährlichen Auftrag wirklich annehmen sollten.

»Was ist denn los? Hat es euch in die Suppe gehagelt?«

»Mit dem Hagel liegst du gar nicht so falsch«, sagte Johnny und erzählte Erasmus alles, was sie eben vom Grafen erfahren hatten.

Der Schädel pfiff durch die Zähne. »Sie hat sich mit schwarzer Magie beschäftigt, sagst du?«

Johnny nickte.

»Gibt es ... gibt es dazu irgendwelche Aufzeichnungen?«

Die beiden Geisterjäger sahen den Schädel misstrauisch an.

»Wozu ist das wichtig?«, fragte Russell.

»Alles ist wichtig, wenn man es mit Geistern ihres Kalibers zu tun hat!«, erklärte Erasmus knapp. »Aber keine Angst, man wächst mit seinen Aufgaben!« Er klapperte genüsslich mit seinem Unterkiefer, und Russell verdrehte die Augen.

»Schon, aber was nützt uns das, wenn wir als Eisklötze enden?«, hielt Johnny dagegen.

»Wer so denkt, hat schon verloren!«, unterbrach ihn der Schädel. »Die schreckliche Frau ist ein Geist der Spezies Rachegeister. Es wird euch sicher freuen zu hören, dass sie nicht unbezwingbar sind. Man kann durchaus mit ihnen fertigwerden. Erzählt mir ein bisschen mehr über den aktuellen Fall. Wo genau habt ihr das vereiste Auto gefunden, von dem du erzählt hast?«

»In den Bergen gibt es einen Kreuzweg, der Totengrund genannt wird«, erzählte Johnny.

»Ergibt Sinn«, klapperte der Schädel. »Kreuzwege gelten weltweit als unheimliche Orte. Verbrecher wurden dort gehängt und begraben. Deshalb solltet ihr auch niemals etwas mitnehmen, das ihr an einem Kreuzweg findet. Sein Besitzer könnte es holen kommen!«

Russell schluckte. »Das ist doch Quatsch!«

»Du hast recht. Niemand wäre so dumm, so was zu tun. Und deshalb brauchen wir uns auch keine Sorgen zu machen.«

»Antons Großvater sagt, es wurden alle persönlichen Dinge der Gräfin vernichtet. Die Räume hinter der verschlossenen Tür sind leer«, erzählte Johnny.

»Das war sehr klug von ihnen. Früher wussten die Menschen, wie man sich vor Wiedergängern schützt«, lobte Erasmus. »Trotzdem solltet ihr euch die Zimmer ansehen. Achtet auf alles, was ihr seht. Aber achtet noch viel mehr auf das, was ihr nicht seht. Gerüche, Geräusche, Gefühle ... Schade, dass Millie nicht hier ist. Ihr hätten die Räume gewiss viel zu erzählen.«

Johnny sah Erasmus nachdenklich an. »Du meinst, wir sollten den Auftrag annehmen?«

»Aber sicher! Seid ihr Geisterjäger oder Feiglinge?«

»Geisterjäger!«, antwortete Johnny.

Russell sagte lieber nichts.

»Das wollte ich hören! Und jetzt husch, husch. Denn wie sagte mein Großvater immer: *Der frühe Vogel fängt den Wurm*.«

»Aber die letzte Maus bekommt den Käse«, murmelte Russell.

»Willst du nicht mitkommen?«, fragte Johnny den Schädel. »Ich könnte dich in meiner Kapuze verstecken.«

»Nicht nötig. Es genügt, wenn ihr mir von euren Ermittlungen berichtet.« Und mit diesen Worten hatte sich Erasmus auch schon wieder in seinen Büchern vergraben.

»Meinst du, Erasmus hat mit dem, was er über Millie gesagt hat, recht?«, fragte Johnny.

»Recht womit?«, fragte Russell.

»Na, dass es gut wäre, sie hierzuhaben.« Johnny machte eine kurze Pause, bevor er weitersprach. »Vielleicht ist der Fall für uns beide tatsächlich eine Nummer zu groß. Aber wenn Millie dabei ist, haben wir gute Chancen. Seit unserem letzten Fall sind ihre Ohren super! Sie kann Geister auf hundert Meter Entfernung hören und Stimmen aus der Vergangenheit wahrnehmen. Ich habe das Gefühl, dass uns das bei diesem Fall nützen könnte.« Johnny sah seinen Freund aufmunternd an. »Also, was meinst du?«

»Du lässt ja sowieso nicht locker«, gab Russell nach. »Aber wie willst du Millie hierherbekommen?«

»Reine Verhandlungssache. Wenn Anton will, dass wir für ihn arbeiten, muss er Millie den Flug spendieren.«

»Und du glaubst im Ernst, Millie springt in den nächsten Flieger, bloß weil wir sie brauchen? Es ist kurz vor Weihnachten!«

»Ich weiß. Wir können es wenigstens versuchen. Zuerst müssen wir aber mit Anton reden.«

Gleich nach dem Abendessen nahm Anton die Geisterjäger zur Seite. »Und, habt ihr es euch überlegt?«, wollte er wissen.

»Haben wir. Wir nehmen den Fall unter einer Bedingung an: Unser Team ist erst komplett, wenn wir zu dritt sind. Millie Edwards gehört dazu. Sie hat besondere paranormale Fähigkeiten, auf die wir nicht verzichten können.«

Anton sah die beiden neugierig an. »Ist sie ein Medium?«

»So ähnlich«, antwortete Johnny. »Also, wenn du willst, dass wir uns um die Sache kümmern, müssen wir Millie herholen. – Falls sie überhaupt Zeit hat.«

Anton dachte kurz nach. »Okay ... Das einzige Problem könnte die Unterbringung sein. Wie ihr wisst, wird es morgen richtig voll. Eure Freundin ...«

»Mitarbeiterin ...«, stellte Russell richtig.

»Eure Mitarbeiterin wird mit einer Dachkammer im Dienstbotentrakt vorliebnehmen müssen.«

»Das ist okay«, sagte Johnny erleichtert. »Ich bin sicher, das macht ihr nichts aus.«

»Gut. Dann seht zu, dass sie so schnell wie möglich herkommt. – Und jetzt zeige ich euch das verschlossene Zimmer. Kommt mit!« Anton wollte gerade vorgehen, als Levinia, Larissa und Trudi auftauchten.

Johnny seufzte. Es war so angenehm gewesen, sie für einen Nachmittag los zu sein. Jetzt bahnten sich die Mädchen ihren Weg quer durch den Raum.

»Denk dir was aus, Anton, wie du sie beschäftigst! Wir treffen uns vor der verschlossenen Tür«, zischelte Johnny und zog Russell mit sich fort.

»Okay ...« Anton sah verblüfft, wie die beiden Geisterjäger auf Tauchstation gingen und unter den langen Tischtüchern verschwanden. Dann waren Levinia und ihre Schwestern auch schon da.

»Wo sind sie hin?«, stellte Levinia Anton zur Rede.

»Wen meinst du?«

»Johnny und Russell!«, erklärte Larissa. »Du hast doch eben noch mit ihnen geredet!«

»Hab ich?« Anton dachte angestrengt nach. »Ach so, die beiden wollten im Keller eine Runde Billard spielen.«

»Und wie kommt man dahin?«

»Die Treppe runter, die erste Tür rechts und den Gang entlang, dann die dritte Tür links ... nein, wartet ... die zweite Tür rechts ... äh ... links und immer geradeaus. Ihr könnt es gar nicht verfehlen.«

Johnny und Russell waren unter den Tischen bis zur Tür gekrabbelt und tauchten gerade wieder auf. Mit ein paar gemurmelten Entschuldigungen flitzten sie aus dem Raum und rannten die Treppe nach oben. Hinter dem Vorhang der verschlossenen Tür warteten sie auf Anton.

Wenig später zog der Enkel des Grafen den Vorhang mit einem breiten Grinsen zur Seite. »Eure drei Fans sind ganz schön hartnäckig. Aber ich hab sie zum Billard in den Keller geschickt. Bis sie herausgefunden haben, dass es im ganzen Schloss keinen einzigen Billardtisch gibt, dürfte es eine Weile dauern.«

»Genial«, lobte Johnny. »Hast du den Schlüssel?«

»Na klar. Seid ihr bereit?«

»Warte!«, rief Russell. »Ist es da drinnen auch nicht gefährlich?«

»Nicht dass ich wüsste.« Mit einem Sicherheitsschlüssel öffnete Anton das schwere Vorhängeschloss.

Russell holte die »Schwinge des Phönix« unter seinem Pullover hervor: ein rostiges Amulett, das an einer Kette um seinen Hals hing.

»Wozu brauchst du das?«, wunderte sich Anton.

»Ich hoffe gar nicht«, sagte Russell. »Aber sollte es für uns brenzlig werden, verschafft mir dieses Amulett einen wichtigen Vorsprung. Die Geister nehmen mich dann nicht so schnell wahr wie euch.« Er sah die beiden bedauernd an.

»Du hast mal wieder an alles gedacht!«, spottete Johnny und ärgerte sich insgeheim, dass er nicht auch irgendeinen Schutz dabeihatte. Russell war in dieser Hinsicht eindeutig professioneller als er.

»Sicher ist sicher«, murmelte Russell. »Brauchen wir keine Taschenlampen?«

Anton schüttelte den Kopf. »Als das Schloss modernisiert wurde, hat man auch in diesem Zimmer Leitungen gelegt.«

Vorsichtig drückte er die Klinke herunter und stieß die Tür auf. Ein Schwall kalter staubiger Luft strömte ihnen entgegen. Mit fahrigen Fingern tastete Anton nach dem Lichtschalter. Ein gläserner Kronleuchter flammte auf.

Der Raum war tatsächlich vollkommen leer. Die stoffbespannten Wände waren verblichen und die einst lindgrünen Tapeten nur noch grau.

Johnny ging bis in die Mitte des Raums. Seine Schuhsohlen hinterließen Abdrücke in der feinen Staubschicht, die den Boden bedeckte. Die Fenster waren so dreckig, dass man nicht mehr durch sie hindurchsehen konnte.

Was hatte Erasmus gesagt? *Achtet besonders auf das, was ihr nicht seht.* Johnny schloss die Augen.

»He, Alter! Meditierst du, oder was?«, fragte Russell.

»Pst!« Johnny versuchte sich zu konzentrieren. Es war kalt,

kälter als in den anderen Räumen. »Spürst du das?«, wandte er sich an seinen Assistenten.

»Ja, es ist ziemlich kalt«, bestätigte Russell. »Meinst du, ihr Geist ist hier?« Er sah sich beunruhigt um.

Anstatt zu antworten, schritt Johnny langsam durch das Zimmer. »Wohin führt diese Tür?«

»In das Schlafzimmer der Gräfin.« Anton öffnete sie und schaltete das Licht an.

Der zweite Raum war genauso leer wie der erste. Trotzdem war etwas anders. Es lag ein Duft in der Luft. Zart, fein, flüchtig.

»Riecht ihr das?«

»Was ist das?«, fragte Russell.

»Riecht nach einem Parfüm«, meinte Anton. »Es war ihr Schlaf- und Ankleideraum. Gut möglich, dass eine Flasche zerbrochen ist und der Duft noch in den Ritzen hängt.«

»Gut möglich ...«, murmelte Johnny.

»Da!« Russell deutete auf einen dunklen Fleck vor dem Fenster.

Johnny durchquerte den Raum und ging in die Hocke. Vorsichtig wischte er die dünne Staubschicht beiseite. »Ist das Blut?«, fragte er.

»Keine Ahnung. Es ist die Stelle, an der Violante den Grafen der Legende nach in einen Eisklotz verwandelt hat«, sagte Anton. »Niemand weiß, wie der Fleck dorthin gekommen ist. Er ist erst später erschienen, lange nachdem die Gräfin aus dem Schloss gejagt worden war.«

»Sie will bestimmt, dass man sich an sie erinnert«, flüsterte Russell.

»Oder der Fleck soll eine Warnung sein.«

Johnny kroch eine Gänsehaut über den Rücken.

13. Kapitel

Ein böser Fehler

»Ich weiß nicht, ob es an den Räumen liegt oder daran, dass man weiß, was hier passiert ist«, sagte Russell wenig später, als sie zusammen die Treppen hinuntergingen. »Aber die Zimmer waren richtig gruselig.«

Anton nickte. »Ihr braucht euch aber keine Sorgen zu machen. Solange die Räume leer sind, gibt es für einen Geist keinen Grund zurückzukehren.« Er hob die Hand. »Dann bis morgen! Falls noch was ist, findet ihr mich in meinem Zimmer.« Und mit diesen Worten bog Anton in den angrenzenden Korridor ab.

Johnny wollte seinen Weg fortsetzen, doch Russell war am oberen Ende der Treppe stehen geblieben. »Vielleicht gibt es doch einen Grund ...«

»Wovon redest du?«, fragte Johnny.

»Einen Grund für sie zurückzukehren ... Weißt du noch, was Erasmus gesagt hat?«

»Der Klapperkopf erzählt so viel. Was genau meinst du?«

»Na, dass man von einem Kreuzweg niemals etwas mitnehmen soll ...«

»Ja, ich erinnere mich.«

»Ähm ...« Russell kaute auf seiner Unterlippe herum.

Johnny sah seinen Freund erschrocken an. »Nein! Sag nicht, du hast dieses seltsame rote Tuch eingesteckt!«

»Doch!« Russell schluckte. »Ich weiß auch nicht, warum ich es getan habe. Es sah ... es sah so wertvoll aus.«

»Hast du es bei dir?«

Russell zog das Tuch aus der Hosentasche und reichte es Johnny. Der nahm es mit steifen Fingern entgegen. Die dünne Spitze fühlte sich rau und klebrig an. Er breitete es aus und hielt es gegen das Licht. Sein Herz machte einen nervösen Hüpfer. Auf dem Tuch war ein kleiner Veilchenstrauß aufgestickt.

»Es gehört ihr«, presste Johnny hervor.

»Wie kommst du darauf?«, fragte Russell nervös.

Johnny sah seinen Freund an. »Ihr Name ist Violante von Tattenberg.«

»Ich weiß, und weiter?«

»Violante bedeutet Veilchen. Und dieses Tuch ist mit Veilchen bestickt!«

»Was?!« Russell starrte auf die Stickerei. »Wo...Woher weißt du, dass es Veilchen sind? Es könnten doch auch ganz andere Blumen sein.«

»Sind es aber nicht, glaub mir. Cécile hat einen Hut und drei Paar Handschuhe, die mit Veilchen bestickt sind. Wenn ich etwas erkenne, dann sind es Veilchen!«

»Unmöglich«, murmelte Russell und starrte wieder auf das Taschentuch in Johnnys Händen. »Sie ist über zweihundert Jahre tot. Warum sollte ihr Taschentuch nach so langer Zeit wieder auftauchen?«

Johnny verdrehte die Augen. »Damit irgendein Blödmann es findet und hierherbringt.«

»Du meinst ...?«

»Sie hat einen Köder ausgelegt, und du hast ihn geschluckt!«

»Moment ... Moment ...« Russell fuhr sich mit beiden Händen durch die Haare. »Warum sollte sie das tun?« Er starrte Johnny erschrocken an. »Du meinst ... du meinst, um sich Zutritt zum Schloss zu verschaffen?«

»Warum bist du nicht immer so ein Blitzmerker?«, knurrte Johnny.

»Sie beobachtet uns«, flüsterte Russell mit belegter Stimme. »Woher sollte sie sonst wissen, dass wir aus dem Schloss kommen?« Er starrte das rote Tuch in Johnnys Händen angeekelt an. »Und nun?«

»Wir müssen es so schnell wie möglich aus dem Haus schaffen. Geister werden stärker, je weiter es auf Mitternacht zugeht.« Johnny sah auf die Uhr. »Es ist erst kurz nach acht. Ich glaube nicht, dass sie schon unterwegs ist.«

»Aber ich habe es schon seit gestern!«, sagte Russell mit tonloser Stimme.

»Okay. Aber offensichtlich war sie noch nicht im Schloss, sondern hat Sebastian am Kreuzweg aufgelauert«, erwiderte Johnny ungeduldig.

Eiligen Schrittes liefen die zwei Geisterjäger die Treppe hinunter. Sie wollten gerade aus der Tür ins Freie schlüpfen, als der alte Graf sie zurückhielt.

»Halt, meine jungen Freunde! Ich habe meine Gäste gerade gebeten, das Schloss nicht mehr zu verlassen. Wir wollen es uns heute Abend noch ein bisschen gemütlich machen.«

Johnny und Russell konnten nicht glauben, dass der Graf es sich heute gemütlich machen wollte. Dazu sah sein Gesicht viel zu sorgenvoll aus. Sie waren sicher, dass er seine Gäste schützen wollte, indem er ihnen verbot, nach Einbruch der Dunkelheit das Schloss zu verlassen. Trotzdem nickten sie. »In Ordnung, wir bleiben hier.«

Der Graf tätschelte ihnen im Vorbeigehen die Köpfe und begab sich wieder zu seinen Gästen in den Salon.

Johnny und Russell warteten, bis er nicht mehr zu sehen war, und huschten aus der Tür. Der Schnee knirschte unter ihren Füßen, während sie sich immer weiter von den erleuchteten Fenstern des Schlosses entfernten.

»Ob sie schon in der Nähe ist?«, fragte Russell und sah sich immer wieder ängstlich um.

»Quatsch«, sagte Johnny nicht besonders überzeugend.

»Alter, ist das kalt!« Russell blies sich in seine klammen Finger. »Wir hätten unsere Jacken anziehen sollen.«

»Haben wir aber nicht ...«, meinte Johnny grimmig. »Wir werfen das blöde Tuch über den Zaun, und gut ist! Hauptsache, es ist nicht mehr im Schloss.«

Im Laufschritt eilten sie zum Eingangstor.

»Mist! Es ist zu!«, stöhnte Johnny.

»Und jetzt?«, fragte Russell.

»Siehst du die Büsche hinter dem Zaun?«

Russell nickte.

»Wir verstecken es darin.« Johnny zog das Tuch aus seiner hinteren Hosentasche und streckte seinen Arm durch die eisernen Gitterstäbe.

»Was ist?«, flüsterte Russell ungeduldig.

»Es geht nicht!«, flüsterte Johnny zurück. »Das Ding klebt zwischen meinen Fingern.«

»Das ist nicht dein Ernst!« Russell pickte das Tuch aus Johnnys Hand und hatte dasselbe Problem. »Es fühlt sich an, als hätte das Teil plötzlich Widerhaken bekommen!«

»Warte!« Johnny nahm einen Stock und spießte das Tuch damit auf. Ohne Probleme ließ es sich jetzt durch den Zaun nach draußen schieben.

Zurück im Schloss war es hell und warm. Man hörte Gläser klirren und Stimmen, die sich murmelnd unterhielten. Und für einen Moment wünschte sich Johnny, er könnte auch einfach am Kamin sitzen und an seiner Cola nippen. Doch sie hatten einen Auftrag und waren längst nicht mehr zum Spaß hier.

»Ich werde Millie anrufen, und dann müssen wir Erasmus von dem Tuch erzählen«, sagte Johnny. Er ließ sich in einer ruhigen Ecke auf ein Sofa fallen und wählte Millies Nummer.

»Millie anrufen, okay. Aber warum willst du dem Schädel unbedingt von dem roten Tuch erzählen? Muss das sein?« Der Gedanke gefiel Russell überhaupt nicht.

Johnny unterbrach ihn mit erhobener Hand.

»Hallo?« Millies Stimme klang misstrauisch – wie immer.

»Hallo, Millie! Hier ist Johnny.«

»Was willst du?«

Johnny verdrehte die Augen. Warum musste Millie immer so abweisend sein? »Äh, nichts Besonderes ...«

»Warum rufst du dann an?«

Russell, der sein Ohr ebenfalls ans Handy presste, grinste.

»Du ... du musst herkommen«, sagte Johnny schnell.

»Was?«

»Es gibt hier ein Problem.«

»Seid ihr nicht in Österreich?«

»Ja, wir sind bei meinem Onkel. Russell ist auch hier.«

»Was ist das für ein Problem?« Jetzt klang Millies Stimme eindeutig neugierig.

Johnny lächelte.

»Ein Geisterproblem. Es geht um den Rachegeist einer Gräfin, die nichts Besseres zu tun hat, als Menschen und Tiere in Eisklötze zu verwandeln.«

»In Eisklötze? Krass! Wie macht sie das?«, staunte Millie.

»Ich weiß nicht. Sie scheint eine ganz besondere Beziehung zu Eis zu haben. Deshalb nennt man sie auch die eiskalte Gräfin. Seit gestern fehlt der Chauffeur meines Onkels. Wir haben sein Auto gefunden. Und dreimal darfst du raten: Es sah aus wie ein Eiswürfel. So was hast du noch nicht gesehen. Logisch, dass alle auf die eiskalte Lady tippen«, sagte Johnny.

»Und was hab ich damit zu tun?«

»Anton, mein Cousin, hat uns den Auftrag gegeben, die eiskalte Gräfin unschädlich zu machen. Der Schädel meint, es könnte gefährlich werden. Und er sagt, wir ... äh ... könnten deine Hilfe gebrauchen.«

»Und was sagt ihr?«

»Wir sind genau seiner Meinung«, versicherte Johnny eifrig. »Ich weiß, übermorgen ist Weihnachten …«

»Das ist nicht das Problem. Der Pub meiner Eltern ist über die Feiertage geöffnet. Viel Weihnachten findet bei uns sowieso nicht statt. Meine Mutter hat drei zusätzliche Kellner eingestellt. Ich schätze, sie fänd es okay, wenn ich nicht da bin.«

»Das heißt, du kommst?«

»Wenn du mir sagst, wie?«

»Wir buchen dir sofort einen Flug ab Edinburgh. Anton zahlt. Ich maile dir das Ticket noch heute Abend. Dann kannst du dich gleich morgen auf den Weg machen.«

Am anderen Ende der Leitung blieb alles still.

»Millie?«

»Ja, ich bin noch dran.« Millie holte tief Luft. »Ich habe noch eine Bedingung.«

Johnny lauschte.

»Wenn ich euch bei diesem Fall unterstütze, will ich eine von euch werden. Ich will mit ins Team, verstanden?«

»Was ist?«, zischelte Russell, der nicht mehr mithörte.

»Millie will in unser Team, sonst kommt sie nicht.« Johnny sah Russell fragend an. Er war sich nicht sicher, ob das wirklich so eine gute Idee war. Ein Mädchen im Team?

»Klar kommst du mit ins Team«, rief Russell ins Handy, bevor Johnny sich auch nur räuspern konnte. »Wir können dich echt gut gebrauchen!«

»Hi, Russell«, sagte Millie, und man konnte ihr breites Grinsen förmlich hören.

»Also gut.«, Johnny gab sich einen Ruck. »Du bist dabei. Sobald du hier bist, wirst du offiziell als Geisterjägerin in die Agentur aufgenommen.«

»Prima«, sagte sie, und man hörte, dass Millie vor Freude einen kleinen Hüpfer machte. »Dann warte ich auf das Flugticket und bin morgen bei euch.«

»Super, und pack ein paar warme Sachen ein. Es ist verdammt kalt hier.«

»Herein!«, rief Anton, als die beiden Geisterjäger an seine Tür klopften. Er saß praktischerweise an seinem PC.

»Spielst du?«, fragte Johnny.

»Nö«, sagte Anton und klickte sich aus dem Programm.

»Wir haben eben mit Millie gesprochen und sie gefragt, ob sie herkommt.«

»Und was hat sie gesagt?« Anton sah Johnny neugierig an.

»Sie kommt!« Johnny grinste.

»Super!« Anton klatschte vor Freude in die Hände. »Dann braucht sie nur noch ein Flugticket, richtig?«

»Du hast es erfasst«, sagte Russell.

»Okay.« Anton loggte sich auf einem der gängigen Online-Portale ein, und Johnny und Russell sahen ihm über die Schulter.

»Da! Morgen Vormittag geht ein Flug von Edinburgh«, rief Johnny. »Wenn sie den nimmt, ist sie am Nachmittag hier.«

Anton bestätigte die Buchung und zahlte lässig mit seiner Kreditkarte.

Johnny und Russell fielen fast die Augen aus dem Kopf.

»Alter Falter! Du hast eine eigene Kreditkarte?«, staunte Russell.

Anton grinste. »Logisch.«

»Das geht doch gar nicht«, meinte Johnny. »Dafür bist du doch viel zu jung.«

»Sie läuft auf den Namen meines Großvaters. Aber ich darf sie benutzen.«

»Boah, hast du ein Glück!«, sagte Russell.

»Megaglück!«, fand auch Johnny.

Anton öffnete sein Mail-Programm. »Habt ihr Millies Adresse? Dann schicke ich ihr das Ticket gleich rüber.«

»Millie.Edwards@Hobgoblin.uk«

»Du kennst ihre E-Mail-Adresse auswendig?«, staunte Russell.

»Ist doch leicht zu merken«, murmelte Johnny und wurde ein bisschen rot dabei.

Nachdem Anton Millie das Flugticket geschickt hatte, lehnte er sich zufrieden in seinem Stuhl zurück. »Habt ihr Lust, eine Runde zu zocken?« Er zeigte auf seine Konsole.

Johnny und Russell waren hin- und hergerissen.

»Ein andermal«, sagte Johnny schließlich.

»Okay, dann bis morgen. Ich bin schon ziemlich gespannt auf eure Freundin.«

Kurz bevor Johnny die Tür zu ihrem Zimmer öffnen konnte, hielt Russell ihn auf. »Warte mal. Meinst du, es ist wirklich nötig, dem Knochenkopf von dem Taschentuch zu erzählen?«

»Na klar. Vielleicht reicht es nicht aus, so einen Gegenstand einfach durch den Zaun zu stopfen. Vielleicht muss man dabei rückwärtsgehen, auf einem Bein hüpfen und irgendeine Beschwörungsformel murmeln oder so was Ähnliches.«

Johnny drückte die Türklinke herunter.

»Da seid ihr ja endlich! Was habt ihr so lange gemacht? Ein Ei ausgebrütet?«, rief Erasmus ungeduldig. »Ich habe mir Sorgen gemacht.«

»Du machst dir keine Sorgen«, erwiderte Johnny knapp und ließ sich in den einzigen Sessel fallen.

»Wart ihr im Zimmer?«, wollte Erasmus wissen.

»Waren wir ...«

»Und?«

»Nichts. Es war komplett leer. Nur ein Kronleuchter hängt an der Decke. Aber den hat man später aufgehängt«, sagte Johnny.

»Wie war die Atmosphäre in dem Raum?«, forschte Erasmus nach.

»Irgendwie unheimlich«, fand Russell. »Alles war ganz staubig, und im Schlafzimmer vor ihrem Fenster war ein großer Fleck.«

»Gab es sonst noch was, das euch seltsam vorkam?«, fragte Erasmus weiter.

»Es war ziemlich kalt. Kälter als in den anderen Räumen.«

»Das ist nicht ungewöhnlich«, erklärte der Schädel. »Orte, die Schauplatz eines Verbrechens wurden, sind für immer gezeichnet. Schlechte Schwingungen, versteht ihr? Diese Art von negativer Energie ist nur schwer zu bannen. Manchmal ist es sogar unmöglich.«

Johnny stieß Russell an. »Jetzt sag es schon«, zischelte er ihm zu.

Doch Russell presste die Lippen fest aufeinander. »Dann tu ich es«, drohte Johnny.

Wütend blitzte Russell ihn an. »Okay, okay.« Er räusperte sich. »Ich fürchte, ich habe einen blöden Fehler gemacht«, sagte er.

»Ach wirklich?« Der Schädel sah ihn interessiert an.

»Ich habe am Kreuzweg ein Taschentuch gefunden und ...«

»Ja?!« Erasmus' Mondsteinauge fing an zu funkeln. »Sprich nur weiter!«

»Du brauchst gar nicht so komisch zu gucken!«, beschwerte sich Russell. »Ich habe es aufgehoben und mitgenommen! Das ist alles. Johnny meint, es könnte der eiskalten Lady gehören.«

Der Schädel schnaubte wie ein wütendes Walross. »Und so was nennt sich Geisterjäger!«, polterte er. »Wie konntest du so etwas Dummes tun? Und jetzt, ein letztes Mal zum Mitschreiben: Kreuzwege sind ungewöhnlich gefährliche Orte! Man meidet sie bei Nacht! Man blickt nicht zurück! Und man hebt nichts, aber auch gar nichts auf, was man an einem Kreuzweg findet! Am allerwenigsten trägt man es vergnügt nach Hause, du Pinsel!« Durch Erasmus' Mondsteinauge zogen düstere Wolken. »Was war das für ein Taschentuch?«

»Es war rot und aus Spitze. Ich weiß selbst nicht, warum ich es mitgenommen habe«, gab Russell kleinlaut zu.

»Wo ist das Tuch jetzt?«

»Wir haben es aus dem Schloss gebracht.«

»Gut. Ein bisschen Verstand scheint ja noch da zu sein!«, brummte Erasmus, und die beiden Geisterjäger atmeten erleichtert auf.

»Du ... du glaubst also auch nicht, dass sie schon im Schloss ist?«, fragte Russell.

»Nein«, antwortete Erasmus. »Sie hätte sofort ihre Räume aufgesucht.«

»Aber die Tür ist mit schweren Ketten gesichert«, meinte Johnny.

»Sie wird andere Wege kennen, glaub mir.« Der Schädel klapperte mit den Zähnen. »Aber es sieht aus, als hättet ihr mal wieder mehr Glück als Verstand gehabt.«

Als Johnny und Russell am nächsten Morgen erwachten, war der Himmel grau, und es hatte wieder angefangen zu schneien.

»Wie spät ist es?« Johnny reckte sich und gähnte.

»Gleich neun.«

Johnny tappte zum Fenster und stieß es auf. »Endlich frische Luft! Der Geruch von deinen Käsefüßen ist ja nicht zum Aushalten!«, stichelte er.

»Mach das Fenster zu. Es ist eiskalt!«, brummte Russell.

Johnny antwortete nicht, denn er hatte etwas entdeckt. Im blattlosen Baum vor ihrem Fenster hatte sich etwas verfangen. Ein kalter Schauer rieselte über Johnnys Körper. Das konnte doch nicht wahr sein!

»Was ist? Soll ich mir eine Lungenentzündung holen? Mach endlich das Fenster zu!«

»Da ist etwas im Baum!«, sagte Johnny heiser.

Sofort war Russell bei ihm am Fenster. »Lecko mio!«

Der junge Geisterjäger wurde ganz blass um die Nase. Das rote Spitzentaschentuch war wieder da. Es hatte sich in den Zweigen verfangen und flatterte im Wind, als würde es ihnen zuwinken.

14. Kapitel

Ein Morgen mit Sorgen

Johnny stürzte zum Schrank und zerrte den Schädel heraus.

»He, was soll das? Hat man nicht mal in aller Herrgottsfrühe seine Ruhe?«

Doch Johnny ignorierte sein Meckern. Am ausgestreckten Arm hielt er Erasmus aus dem Fenster.

»Das verdammte Tuch ist wieder da!«, rief er, und seine Stimme überschlug sich fast vor lauter Aufregung.

»Sie war hier.« Russell saß auf dem Bett und hatte den Kopf

in die Hände gestützt. »Vielleicht ist sie im Haus. Vielleicht war sie schon drin, bevor wir das dämliche Tuch rausgeschmissen haben!«

Erasmus räusperte sich. »Ich habe es gesehen. Und jetzt hol mich wieder rein, bevor ich mich erkälte.«

Johnny setzte den Schädel auf den Schreibtisch und schloss das Fenster. »Was sollen wir jetzt tun?«

»Vor allem Ruhe bewahren!«, knurrte der Schädel. »Man könnte meinen, es wäre euer erster Auftrag als Geisterjäger.«

»Schon gut ... und weiter?«

»Als Erstes solltet ihr prüfen, ob es in der Nacht zu besonderen Vorfällen gekommen ist. – Sind alle vollzählig? Steht vielleicht irgendwo ein Eisklotz herum, der dort nicht hingehört? Also das ganz normale Prozedere, wenn man als Geisterjäger unterwegs ist.«

»Okay. Gehen wir nachsehen!« Johnny und Russell sprangen in ihre Hosen und Pullover.

»Wer könnte für einen Rachegeist in diesem Haus interessant sein?«, half ihnen der Schädel auf die Sprünge.

»Anton oder der Graf!«, rief Johnny und rannte auch schon los.

Im Galopp sausten die beiden Jungs durch die Korridore zu Antons Zimmer und hämmerten an die Tür. Keine Antwort. Mit einem unguten Gefühl drückte Johnny die Klinke herunter und schaute hinein. Das Zimmer war leer.

Russell bekam vor lauter Schreck lauter rote Flecken im Gesicht.

»Warte!« Johnny streckte prüfend die Hand aus. »Es ist zu warm«, stellte er dann erleichtert fest. »Wäre die eiskalte Gräfin hier gewesen, würden jetzt Eiszapfen von der Decke hängen.«

Russell atmete erleichtert auf. »Lass uns nach seinem Großvater sehen.«

Als sie in den Korridor einbogen, in dem der Graf seine privaten Räume hatte, schwappte ihnen bereits eine Woge eiskalter Luft entgegen. Sie liefen noch etwas schneller und blieben dann abrupt stehen. Die Tür zum Zimmer des Grafen stand offen. Frau Bergammer kam heraus und tupfte sich die Tränen aus den Augen. Wortlos eilte sie an den beiden Geisterjägern vorbei.

Johnny und Russell betraten das Arbeitszimmer des Grafen. Anton hockte auf einem Stuhl und hielt seine Knie fest umklammert.

»Ist dein Großvater in Ordnung?«, fragte Johnny und merkte sofort, wie blöd die Frage war. Eiszapfen hingen von der Decke, und in den Zimmerecken hatten sich Schneewehen angehäuft. Außerdem stand das Fenster sperrangelweit offen.

»Sie hat heute Nacht meinen Großvater geholt«, sagte Anton mit tränenerstickter Stimme. »Als Frau Bergammer ihm den Kaffee bringen wollte, hat sie das Zimmer so vorgefunden.«

Die Nachricht, dass dem Grafen von Tattenberg etwas zugestoßen war, verbreitete sich wie ein Lauffeuer unter den Gästen.

»Ich bin sicher, man hat ihn entführt!«, trompetete ein unbekannter Verwandter.

»Vielleicht war es der Chauffeur?«, vermutete eine ältere Cousine.

»Unsinn, das wäre viel zu offensichtlich«, schimpfte ein sportlich gekleideter Mann. »Wenn ihr mich fragt, ich tippe auf die Mafia. Die soll gerade im Alpenraum ungeheuer aktiv sein.«

Das wirkte. Die Gäste wurden unruhig, und kurz darauf fingen die ersten an zu packen. Die Kriminalpolizei, die inzwischen eingetroffen war, hatte alle Hände voll damit zu tun, die Aussagen der Gäste zu protokollieren, bevor sie fluchtartig abreisten.

Besorgt sah Johnny hinüber zu seinen Eltern. Sie standen mit Levinias Eltern zusammen und beratschlagten, was zu tun sei.

»Wir können unmöglich alle abreisen«, erklärte seine Mutter zu Johnnys Erleichterung. »Antons Eltern werden im Laufe des Vormittags erwartet. Es wäre gut, wenn jemand da wäre, um sie in dieser schweren Situation zu unterstützen.«

»Ganz meine Meinung!«, nickte Levinias Vater. »Solange wir nicht wissen, was mit Onkel Albert passiert ist, bleiben wir hier. Auch wenn es ein trauriges Weihnachten wird.«

»Abwarten. Vielleicht taucht er ja bald wieder auf«, meinte Johnnys Vater.

»Mum ...« Johnny zupfte seine Mutter am Ärmel. »Millie kommt heute Nachmittag hier an. Ich habe sie über die Weihnachtstage eingeladen. Der Graf hat es erlaubt.«

Johnnys Mutter sah ihn verständnislos an. »Millie? Das Mädchen aus deiner Klasse?«

Johnny nickte.

»Warum denn das?«

»Sie hatte zu Hause Krach. Und da habe ich sie eingeladen«, erklärte Johnny, wie er es sich zurechtgelegt hatte.

»Ich weiß nicht, ob das jetzt so günstig ist«, meinte seine Mum.

Doch da kam ihm sein Vater zu Hilfe. »Lass ihn doch. Der Junge hat eben ein gutes Herz und konnte ja nicht ahnen, was heute Nacht passiert.«

In diesem Moment kam ein Polizist mit einem Notizblock zu Johnnys Eltern, um sie zu befragen. Glück gehabt, denn damit war die Sache erledigt.

Schnell machten sich Johnny und Russell auf die Suche nach Anton. Sie fanden ihn in seinem Zimmer, wo er am Fenster stand und in den Garten starrte.

»Wir werden deinen Großvater finden«, versprach Johnny.

»Wir warten nur noch auf Millie. Sobald sie da ist, legen wir los. Du wirst sehen. Dein Großvater ist ruckzuck wieder da!«, sagte Russell, und es klang ein bisschen, als wollte er sich selber Mut machen.

Anton drehte sich zu ihm um. »Aber ich will ihn lebendig wiederhaben und nicht als Eisklotz«, sagte er mit dünner Stimme.

»Logisch!«, murmelte Russell.

15. Kapitel

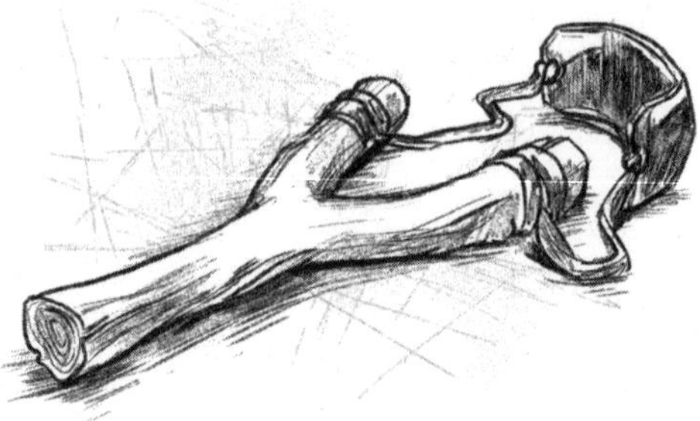

Bestens gerüstet

Immer mehr Gäste beschlossen, auf der Stelle abzureisen. Und sogar die neuen Gäste, die für heute erwartet worden waren, kehrten um, nachdem sie erfahren hatten, was heute Nacht passiert war.

»Wir wollen bei den Ermittlungen nicht im Weg stehen«, entschuldigten sich die einen.

»Wir wollen nicht stören«, meinten die anderen.

Die Polizei hatte nichts dagegen, wenn die Leute abreisten,

sobald sie ihre Aussagen gemacht hatten. »Ich würde auch gehen, wenn ich könnte«, hörte Johnny einen Beamten sagen.

Mitten in den Trubel platzte der Paketbote. Johnny stand zufällig neben der Tür und konnte das Päckchen gleich annehmen.

Eilig lief er damit hinauf in sein Zimmer. Russell folgte ihm mit hängendem Kopf.

Cécile hatte das kleine Parfümfläschchen sogar in Geschenkpapier verpackt und gut mit Zeitungspapier umwickelt. Daneben lag eine lustige Weihnachtskarte mit einem tanzenden Rentier. Johnny verstaute beides in seinem Koffer, während Russell sich mutlos auf das Bett fallen ließ.

»Du machst ein Gesicht wie sieben Tage Regenwetter«, stellte Erasmus fest.

Erstaunt sah Johnny Erasmus an. Doch der blickte an ihm vorbei zu Russell.

»Wie würdest du dich fühlen, wenn du einen Grafen auf dem Gewissen hättest?«, murmelte Russell und wischte sich mit dem Ärmel über die Augen.

Der Schädel stieß einen überraschten Laut aus. »Was redest du da?«

»Der Graf ist weg! Sie hat ihn geholt, und es ist meine Schuld!«, rief Russell verzweifelt.

Jetzt drehte sich Johnny zu seinem Freund um. Er hatte plötzlich ein ganz schlechtes Gewissen, weil er gar nicht daran gedacht hatte, wie schlecht sich Russell wegen des Taschentuchs fühlen musste.

»Es ist nicht deine Schuld!«, versicherte er. »Schuld ist allein dieser dämliche Rachegeist der Gräfin. Du konntest ja nicht wissen, was das blöde Tuch alles auslöst.«

»Oho, natürlich hätte er es wissen können!«, polterte Erasmus dazwischen. »Man lässt die Finger von Dingen, die an Kreuzwegen herumliegen. Basta! Allerdings bin ich auch überrascht. Wie konnte sie sich Zutritt verschaffen, wenn der Gegenstand, der ihr als Anker dient, nicht mehr im Haus ist?«

»Dumm gelaufen«, sagte Russell.

Johnny setzte sich neben ihn aufs Bett und gab ihm einen freundschaftlichen Knuff. »He, Kopf hoch. Du weißt doch, nur Fledermäuse lassen sich hängen. Ab jetzt drehen wir den Spieß um. Wir werden uns die eiskalte Gräfin schnappen und ein paar Seelensteine mit ihr füttern.« Johnny strahlte Russell zuversichtlich an.

Der seufzte zwar noch immer schwer, aber er stand wenigstens auf. »Ich bin dabei!«, versprach er. »Aber so was von!«

»Guter Mann!«, lobte Johnny.

»Das klingt wie Musik in meinen Ohren!«, klapperte Erasmus. »Aber bevor ihr euch auf die Jagd nach dem Rachegeist macht, solltet ihr eure Ausrüstung überprüfen. Ich wüsste nämlich nicht, dass ihr Seelensteine dabeihättet, die ihr mit der eisigen Gräfin füttern könntet.«

Johnny und Russell sahen sich an. Mist! Warum musste der Schädel auch immer recht behalten? Die Vorstellung, der Gräfin das eisige Handwerk zu legen, hatte sich so gut angefühlt.

»Und jetzt?«, fragte Johnny.

»Hm.« Der Schädel dachte einen Moment scharf nach. »Könnt ihr mit einer Schleuder umgehen?«

»Einer Schleuder?«

»Einer Schleuder, einer Zwille, einer Zwitsche.«

»Meinst du ein Katschi?«

»Ich meine die Astgabel mit Gummiband, mit der man wunderbar Papierkrampen oder Kirschkerne verschießen kann«, sagte Erasmus.

»Pflaumenkerne gehen auch.« Über Russells Gesicht huschte ein Lächeln. »Das zwiebelt aber mehr.«

»Ich sehe, ihr habt mich verstanden. Nur dass ihr mit eurer Zwille keine Pflaumenkerne verballern sollt, sondern Silberkugeln.«

»Silberkugeln? Wo sollen wir die denn herkriegen?«, fragte Johnny.

»Strengt eure Spatzenhirne mal an. Auf einem noblen Schloss wie diesem wird es doch sicher Silberbesteck in Hülle und Fülle geben.«

»Kann sein.« Johnny und Russell sahen den Schädel verständnislos an.

»Heilige Einfalt!« Erasmus klapperte verdrossen mit dem

Kiefer. »Ihr sollt ein paar Messer und Gabeln einschmelzen und Silberkugeln daraus gießen. Der beste Schütze von euch besorgt sich eine Zwille, und schon kann es losgehen.«

»Klingt etwas kompliziert«, meinte Johnny.

»Ihr könnt die Teelöffel natürlich auch im Stück verschießen. Das Einzige, worauf es ankommt, ist, dass die Geistererscheinung mit dem Silber in Kontakt kommt. Das können die wenigsten ab. Probiert es aus. Ihr werdet es sehen. Ich habe sehr gute Erfahrungen damit gemacht, wenn ich mal keine Seelensteine zur Hand hatte.«

»Einen Versuch ist es wert«, meinte Russell.

Und zwei Minuten später standen die beiden Geisterjäger zum dritten Mal an diesem Tag vor Antons Tür.

Johnny wollte gerade anklopfen, als Anton die Tür auch schon öffnete.

»Habt ihr eine Spur?«, fragte er hoffnungsvoll.

»Noch nicht. Wir stecken in den letzten Vorbereitungen«, sagte Johnny.

Russell nickte. »Dummerweise haben wir nur einen Teil unserer Ausrüstung dabei. Ausgerechnet das Geisterlicht mit den Seelensteinen haben wir zu Hause gelassen. Wir konnten ja nicht ahnen, dass wir es brauchen würden.«

»Das Geisterlicht?« Anton sah die Jungs verständnislos an.

»Eine Art Geistergefängnis«, erklärte Johnny. »Tja, und da

wir die Gräfin nicht einsperren können, müssen wir sie auf andere Art unschädlich machen.«

»Mit Silberkugeln«, warf Russell ein. Anton sah ihn mit großen Augen an.

»Im Esszimmer liegt so viel Silberbesteck. Es wird niemand merken, wenn wir uns ein paar Löffel ausleihen und sie einschmelzen«, erklärte Johnny eifrig.

»Da kennst du Frau Bergammer aber schlecht«, erwiderte Anton. Dann huschte ein Lächeln über sein blasses Gesicht. »Ich glaube, wir brauchen nichts einzuschmelzen. Wir haben nämlich Kanonenkugeln.«

»Kanonenkugeln?!«, riefen Johnny und Russell gleichzeitig.

»Ganz kleine«, sagte Anton. »Kommt mit!«

Er führte die Geisterjäger auf den Dachboden des Schlosses. »Hier steht die Zinnsoldatenarmee meines Großvaters«, erklärte er. »Soweit ich weiß, schießen die Kanoniere mit echten Silberkugeln.«

»Das wäre ja der Hammer!«, rief Johnny und folgte Anton zu einem großen Tisch, auf dem sich zwei Armeen aus Mini-Soldaten gegenüberstanden.

Durch das Dachfenster fiel ausreichend Tageslicht herein, und Anton wusste genau, wonach er suchte. In einer alten Kommode bewahrte der Graf seine Regimenter auf. Anton öffnete eine Schatulle, und darin lagen, in Samt gebettet, zwölf winzige Silberkugeln.

Johnny nahm eine Kugel zwischen Daumen und Zeigefinger. Sie war nicht einmal halb so groß wie eine Erbse. »Bist du sicher, dass sie aus Silber sind?«

Anton nickte eifrig. »Fragt sich bloß, womit ihr sie verschießen wollt.«

Johnny zögerte. Er war sich nicht sicher, ob er die Dinger überhaupt verschießen wollte. Die winzigen Kanonenkugeln würden einen Rachegeist nie und nimmer vernichten. Aber sie konnten ihn ungeheuer wütend machen.

»Also ... womit wollt ihr sie verschießen?«, fragte Anton eifrig.

»Ach, vermutlich geht es sowieso nicht«, versuchte Johnny sich herauszureden. »Wir brauchen eine Zwille!«

»Meinst du eine Zwitsche?«, fragte Anton.

Johnny nickte. »So ein Ding mit Gummiband. Man kann es prima aus einer Astgabel bauen.«

Anton wühlte in einer Schublade. »Was haltet ihr von diesem Modell?« Strahlend hielt er die perfekte Schleuder in die Höhe.

»Super!«, riefen Johnny und Russell. »Hast du noch mehr davon?« Auch wenn die Kanonenkugeln etwas zu klein waren, konnte man damit vielleicht andere Dinge verschießen. Kleine Beutelchen mit Salz oder Lavendeltee zum Beispiel. Beides konnten Geister nämlich nicht ausstehen.

16. Kapitel

Einer für alle, alle für einen

»Millie wird gleich da sein«, sagte Johnny, während sie hinunter in die Eingangshalle gingen. »Ich rufe uns ein Taxi!« Russell nickte.

In der Eingangshalle ging es drunter und drüber. Hier standen Menschen, Koffer und Taschen wild durcheinandergewürfelt herum. Die einen kamen, die anderen gingen, und manche drehten gleich an der Tür wieder um, nachdem sie erfahren hatten, was heute Nacht passiert war.

»Das Taxi wird gleich hier sein«, sagte Johnny und steuerte seine Mum an, die gerade auf einen jungen Mann mit Polotasche und Schirmmütze einredete. Doch der schüttelte heftig den Kopf und drängte sich an ihr vorbei nach draußen.

»Hallo, Mum! Wir holen Millie vom Bahnhof ab.«

Mrs Sinclair sah ihren Sohn überrascht an. Dann lächelte sie. »Ach ja, Millie. Wenn es hier so weitergeht, wird sie der einzige Neuankömmling sein, der bleibt.« Sie seufzte und zog Johnny und Russell in ihre Arme. »Ich hatte mich so auf ein friedliches Weihnachtsfest gefreut.«

»Wird schon, Mum«, sagte Johnny und befreite sich aus der Umarmung.

Seine Mutter sah ihn zweifelnd an. »Ich hoffe es. Oh, da kommen Antons Eltern!«

Die beiden Geisterjäger sahen sich um. Ein hochgewachsener Mann bahnte sich den Weg durch die Menge, während seine Frau immer wieder stehen blieb, um Hände zu schütteln.

»Hallo, Alexander!« Johnnys Vater stellte sich ihm in den Weg.

»Hallo, Simon!«, rief der Mann erleichtert. »Was ist hier los? Wo ist mein Vater?«

Johnnys Vater legte ihm beruhigend die Hand auf den Arm. »Komm mit nach hinten. Da können wir in Ruhe reden.« Und schon waren die beiden im Gedränge verschwunden.

Russell warf einen Blick auf die Uhr. »Das Taxi müsste jetzt da sein.«

»Bis später, Mum!«

Die beiden Jungs gingen hinaus. Das Taxi wartete bereits in der Auffahrt auf sie.

Sie winkten dem Fahrer zu und wollten gerade einsteigen, als neben ihnen eine rothaarige Frau auftauchte.

»Ist das euer Taxi?«

Johnny nickte.

»Mein Zug fährt in zwanzig Minuten. Würdet ihr mich vielleicht mitnehmen? Ihr fahrt doch ins Dorf, oder?«

Johnny sah Russell an. Der grinste. »Da haben Sie aber Schwein gehabt. Wir sind tatsächlich auf dem Weg zum Bahnhof. Aber warum machen wir es nicht einfach umgekehrt? Sie nehmen uns mit? – Das wird billiger«, flüsterte er Johnny aus dem Mundwinkel zu.

Johnny grinste und nickte.

Die rothaarige Frau hatte ebenfalls verstanden. »Mit Vergnügen!«, lachte sie. »Steigt ein!«

Und dann waren sie auch schon unterwegs. Schweigend sahen sie aus dem Fenster und betrachteten die verschneite Landschaft, die an ihrem Fenster vorbeizog. Dann fiel Johnny das Päckchen wieder ein. »Ich rufe schnell Cécile an.«

Russell nickte und hing weiter seinen Gedanken nach.

»Hallo, Mairübchen! Schön, dass das Paket angekommen ist«, rief Cécile aufgekratzt ins Telefon. »Wenn du wieder zurück bist, wartet hier auch noch eine Überraschung auf dich.«

»Echt?«

»Natürlich! Uuuund ... freust du dich schon tüchtig auf Weihnachten?«, gurrte Cécile weiter ins Handy.

»Ja«, sagte Johnny, aber es klang nicht besonders überzeugend. »Ich sitze gerade im Taxi. Wir holen Millie von der Bahn ab.«

»Millie kommt zu euch nach Österreich?« Man hörte Cécile an, dass sie hellhörig wurde. »Warum ist sie unterwegs? Ihr stellt doch keinen Unsinn an, oder?«

Johnny kannte diesen Tonfall. »Weil ... weil ...«

»Keine Lügengeschichten! Ich will die Wahrheit hören!«

»Weil wir sie hier brauchen«, erwiderte Johnny knapp.

»Das habe ich mir gedacht. Könntest du vielleicht ein bisschen genauer werden, oder muss ich dir jedes Wort aus der Nase ziehen?«

»Ich sitze im Taxi, Cécile.« Johnny dämpfte die Stimme. »Antons Großvater und sein Chauffeur sind verschwunden.«

»Verstehe. Und ihr glaubt, dass ein Buta, ein Geist, dahintersteckt!«

»Ja, so etwas Ähnliches. Lass uns später darüber reden«, sagte Johnny.

»Soll ich zu euch kommen?«, fragte Cécile.

»Nein, nein! Bleib, wo du bist!«, sagte Johnny hastig. »Wir kommen schon klar. Erasmus ist auch hier. Du brauchst dir keine Sorgen zu machen!«

»Wer macht sich schon Sorgen, wenn Mr Tod persönlich dabei ist?«, höhnte Cécile. »Hör zu, Johnny! Mit dem nächsten Flieger wäre ich …«

»Nein, Cécile. Du ahnst ja nicht, wie voll es im Schloss ist. Bleib bitte, wo du bist!«

Am anderen Ende der Leitung war es für einen Moment still. »Okay. Die Kinder meines Bruders freuen sich auf Weihnachten. Aber halte mich auf dem Laufenden.«

»Mach ich!«, versprach Johnny und legte erleichtert auf.

Vor dem Bahnhof verabschiedeten sie sich von der rothaarigen Frau. Der Weihnachtsmarkt war voll wie nie. Russell überredete Johnny, sich von dem gesparten Taxigeld zwei Tüten Schmalzgebäck zu kaufen, als das Handy klingelte.

»Ich bin da. Wo seid ihr?« Das war Millie. *Kein Hallo*, kein *Wie geht's*. Typisch Millie eben.

»Wir stehen direkt vor dem Bahnhof. Russell kauft sich gerade Schmalzgebäck. Wir können uns nicht verfehlen.«

Gleich darauf kam Millie über den Bahnhofsplatz direkt auf sie zu. Schwarze Haare, schwarze Stiefel, schwarze Reisetasche.

»Hallo, Sonnenschein«, begrüßte Russell sie und wischte sich etwas Puderzucker aus dem Gesicht.

»Hattest du einen guten Flug?«, erkundigte Johnny sich.

»Ja, war okay.« Millie sah sich suchend um. »Und wie kommen wir von hier aufs Schloss?«

»Mit dem Taxi«, erwiderte Johnny. »Wir hätten dich gerne mit dem Pferdeschlitten abgeholt. Aber leider hat es den Kutscher erwischt.«

Millie sah ihn erstaunt an. »Der Kutscher ist auch weg?«

»Sebastian ist Kutscher und Chauffeur in einer Person«, erklärte Johnny. »Aber Graf von Tattenberg wird seit heute Morgen ebenfalls vermisst.«

»Sein ganzes Zimmer war voller Eis und Schnee«, nuschelte Russell und hielt Millie die Kuchentüte hin. »Hier, willst du Schmalzgebäck?«

Millie griff abwesend in die Tüte und schob sich das Gebäck in den Mund. »Der Graf?«, fragte sie mit großen Augen.

Johnny nickte und winkte ein Taxi heran.

»Sag ich doch. Steig ein. Wir erzählen dir alles auf dem Weg ins Schloss.«

»Wow, hier ist ja ganz schön was los!«, staunte Millie über die dicken Wagen, die ihnen auf der schmalen Straße entgegenkamen.

»Alles Gäste, die abhauen«, erklärte Russell. »Ich schätze, die haben sich die 500-Jahr-Feier zu Weihnachten auch etwas anders vorgestellt.«

»Nicht nur die«, murmelte Johnny.

»Seht mal. Das scheint jemand vergessen zu haben.« Millie zog das *Tattenberger Tageblatt* aus der Türablage. »Habt ihr das schon gelesen?«

Graf Tattenberg entführt! War es die eisige Gräfin? stand da in fetten Buchstaben.

Johnny und Russell überflogen den Artikel, aber es stand nichts darin, was sie nicht schon längst wussten.

»Klingt ja gruselig«, meinte Millie, nachdem sie den Artikel ebenfalls gelesen hatte. »Habt ihr schon eine Idee, was mit dem Grafen passiert ist?«

Johnny schüttelte den Kopf.

»Wenn es stimmt, was in der Zeitung steht, scheint die Gräfin zu den Bewohnern im Schloss eine besondere Beziehung zu haben«, überlegte Millie.

»Na klar. Sie war mit einem von Tattenberg verheiratet. Sie wurde von den Schlossgärtnern verraten und anschließend mit Mistgabeln aus ihrem eigenen Schloss gejagt«, schmatzte Russell. »Das reicht ja wohl, um sauer zu sein.«

Und während der restlichen Fahrt erzählten die Geisterjäger Millie alles, was sie bisher wussten.

Als sie schließlich im Schloss ankamen, war die Halle angenehm leer, und auch die Polizei hatte sich inzwischen verabschiedet. Nur Frau Bergammer lief noch immer wie ein aufgescheuchtes Huhn durch die Gegend.

»Frau Bergammer! Darf ich Ihnen Millie Edwards vorstellen?«, sprach Johnny die aufgeregte Frau an.

Sofort war Frau Bergammer bei ihnen. »Herzlich willkommen, mein Kind! Anton hat mir schon von dir erzählt.« Sie sah sich ratlos um. »Ich würde dir gerne ein anderes Zimmer anbieten. Aber um ehrlich zu sein, habe ich im Moment den Überblick verloren, wer in diesem Schloss kommt und wer geht. Ich fürchte, du musst mit einer Dienstbotenkammer vorliebnehmen. Morgen weiß ich, welche Zimmer belegt und welche Zimmer frei sind.«

»Kein Problem«, erwiderte Millie und schenkte der Hausdame eins ihrer seltenen Lächeln.

»Bis später!«, sagte Johnny. »Unser Zimmer ist im ersten Stock.«

»Bis später«, antwortete Millie und stapfte hinter Frau Bergammer die Treppen hinauf.

17. Kapitel

Das Versteck in der Wand

»Da wären wir«, lächelte Frau Bergammer und stieß die Tür zur Dienstbotenkammer auf. »Kein großer Luxus, aber das Bett ist bequem, und ein Dachfenster gibt es auch. Ich habe dir Handtücher und sogar eine Haarbürste in den Schrank gelegt. Baronin von Schluck, eine Cousine des Grafen, hat sie gestern mitgebracht. Sie meint, die Bürste würde hierhergehören. Es ist ein hübsches Stück. Ich dachte, du würdest dich darüber freuen, wo das Zimmer schon so eng ist.«

»Das ist sehr nett.« Millie stellte ihre Reisetasche auf das Bett und sah sich um.

»Wie gesagt, es ist ja nur für eine Nacht.«

»Kein Problem!«, lächelte Millie.

»Wenn du dich frisch gemacht hast, komm bitte runter ins Speisezimmer. Trotz all der Aufregung hat der Koch etwas Gutes gezaubert. Es wird dem Grafen nichts nützen, wenn wir vor lauter Schwäche umkippen.« Und mit diesen Worten zog Frau Bergammer die Tür hinter sich ins Schloss.

Millie schob ihre Tasche vom Bett und streckte sich darauf aus. Es war schon verrückt. Gestern noch war sie sich sicher gewesen, Weihnachten im Pub ihrer Eltern zu verbringen, und heute lag sie hier, in einem noblen Schloss, mitten in Österreich.

Sie verschränkte die Hände unter dem Kopf und ließ den Blick über die dunklen Deckenbalken und den klobigen Schrank wandern. Seit der Sache mit der Goblin-Frucht, ihrem letzten großen Fall, waren ihre Sinne so geschärft, dass sie Worte und Geräusche hören konnte, selbst wenn sie noch so leise waren. Und nicht nur das, sie hörte auch den Widerhall längst vergangener Worte. Nicht immer, aber immer dann, wenn sie von besonderer emotionaler Bedeutung waren.

Da traf Millie plötzlich ein Wassertropfen mitten auf die Nasenspitze.

»Igitt!«

Sie setzte sich auf und sah nach oben. Wenn das Dach undicht war, musste ihr Frau Bergammer ein anderes Zimmer geben. Aber sosehr Millie ihre Augen auch anstrengte, sie konnte keine undichte Stelle erkennen. Seufzend stand sie auf. Frau Bergammer hatte sie gebeten, ins Speisezimmer zu kommen, und Millie hatte einen Mordshunger.

Beim Essen hatten Johnny und Russell ihr einen Platz neben sich freigehalten. Levinia und ihren Schwestern gefiel das gar nicht. Immer wieder musterten die Mädchen Millie mit hochgezogenen Augenbrauen und steckten tuschelnd die Köpfe zusammen.

»Seid ihr verwandt?«, wollte Levinia schließlich von Millie wissen. »Ihr passt irgendwie gar nicht zusammen.«

»Wir wollen auch nicht zusammenpassen, sondern zusammen arbeiten!«, grummelte Millie und schlürfte ihren Pichelsteiner Eintopf geräuschvoll vom Löffel.

»Gehörst du etwa zum Team?«, fragte Larissa.

»Welches Team meinst du?«, fragte Millie.

Johnny fühlte, wie er nervös wurde. »Sie gehört zu uns«, sagte er schnell.

»Echt?« Die Mädchen tuschelten wieder aufgeregt miteinander.

»Habt ihr schon eine Idee, wo wir mit der Suche nach den beiden vermissten Männern anfangen sollen?«, erkundigte sich Millie zwischen zwei Löffeln Suppe.

»Ich dachte, Anton könnte uns noch einmal in das Zimmer der Gräfin lassen. Vielleicht kannst du da ihre Spur aufnehmen.«

»Ich werd's versuchen. Aber versprechen kann ich nichts«, schmatzte Millie.

»Schon klar«, antwortete Johnny.

Gleich nach dem Essen passten Johnny und Russell Anton ab. Er hatte die ganze Zeit zwischen seinen Eltern gesessen und sah recht niedergeschlagen aus.

»Ist sie das?«, fragte er mit Blick auf Millie, die noch immer an ihrem Platz saß.

»Das ist sie, wie sie leibt und lebt«, bestätigte Russell. »Sie möchte das Zimmer sehen.«

»Meine Eltern reden gleich mit der Polizei«, sagte Anton. »Ich schließe euch das Zimmer auf.

Johnny und Russell winkten Millie zu sich heran. »Das ist Anton«, stellten sie Anton vor. »Ihm wird der Laden später gehören.«

»Freut mich, dich kennenzulernen«, sagte Anton und deutete sogar eine leichte Verbeugung an.

»Ich muss jetzt aber keinen Hofknicks machen, oder?«, fragte Millie spöttisch.

»Ein Hallo würde schon reichen«, erwiderte Anton und lächelte zaghaft.

Zu viert rannten sie die Treppe in den zweiten Stock hinauf, und Anton öffnete ihnen die Tür. Nur zögernd traten die Geisterjäger ein. Auf dem staubigen Boden waren noch immer die Fußspuren von ihrem letzten Besuch zu sehen.

Millie ging bis zur Mitte des Raums und breitete die Arme aus. Schweigend sog sie die längst vergangenen Geräusche und Gefühle auf, wie Löschpapier die Tinte. Da waren zornige Stimmen, eiskaltes Gelächter und das beklemmende Gefühl von Bosheit.

»Hörst du was?«, erkundigte sich Johnny leise.

»Es sind zwei!«, antwortete Millie und ließ die Arme sinken.

Im selben Moment kam draußen Wind auf. Er rüttelte wütend an den Fenstern und ließ die Scheiben klirren, dass einem angst und bange wurde. Erschrocken blickten alle auf Millie.

»Was starrt ihr mich so an? Ich war das nicht!«, verteidigte die sich gereizt. »Ich nehme an, es war bloß ein kleiner Vorgeschmack auf das, wozu die eisige Lady fähig ist.« Ohne eine Antwort abzuwarten, durchquerte Millie den Raum und betrat das angrenzende Zimmer. Wieder breitete sie die Arme aus und lauschte. »Die ist voll spooky!«, flüsterte Russell.

Diesmal hörte Millie das Klappern von Absätzen, und irgendwo drehte sich ein Schlüssel im Schloss. Dann war alles still. Suchend ließ sie ihren Blick durchs Zimmer wandern und blieb an einem Stück Tapete hängen, das sich gelöst hatte.

Millie durchquerte den Raum und klopfte gegen die Wand. Es klang eindeutig hohl.

»Hinter der Tapete ist etwas«, verkündete sie.

Anton schluckte. »Wie macht sie das?«

»Wir beschäftigen nur die Besten«, sagte Johnny und zog mit einem Ruck die Tapete von der Wand. In der hölzernen Vertäfelung war eine Art Kassette eingelassen.

»Sieht aus wie ein Geheimfach«, vermutete Russell.

»Meint ihr, wir kriegen das auf?«, fragte Millie.

»Logisch!«, sagte Anton. »Ich hole bloß schnell einen Schraubenzieher.«

Er hatte den Satz kaum ausgesprochen, da flitzte er auch schon davon.

»Können wir dem Mausgesicht trauen?«, fragte Millie.

»Ich glaube schon. Anton ist okay. Außerdem ist er unser Auftraggeber.«

Eine Sekunde später war der junge Graf zurück. »Hier!«, sagte er etwas außer Atem. »Das müsste gehen.«

Russell trat einen Schritt zurück. »Du zuerst«, sagte er zu Johnny. »Das ist Chefsache.«

Johnny schnaubte verächtlich und nahm Anton den Schraubenzieher aus der Hand. »Macht Platz!«, knurrte er. Dann setzte er das Werkzeug wie einen Hebel an und brach das hölzerne Versteck auf. »Hatschi!« Jahrhundertealter Staub kribbelte ihm in der Nase.

»Ist da was drin?«, flüsterte Russell. Er stand hinter Johnny und versuchte, ihm über die Schulter zu schauen.

»Ich glaube schon.«

»Dann hol es raus!«, drängte Russell.

Es war ein blödes Gefühl, in das Versteck einer Hexe zu greifen. Und nichts anderes war die eiskalte Gräfin für Johnny. Zögernd steckte er seine Hand hinein und zog sie blitzschnell wieder zurück. »Ich glaube, da liegen Knochen«, sagte er mit gepresster Stimme.

»Knochen?!«, riefen Russell und Anton gleichzeitig.

»Lasst mich mal sehen.« Mutig griff Millie in das Geheimfach und hielt gleich darauf fünf Hühnerknochen in der Hand. »Hühnchenknochen!«, sagte sie spöttisch.

»Na klar. Hühnchenknochen«, seufzte Johnny erleichtert. »Hat jemand was anderes erwartet?«

Millie steckte die Hand noch einmal in das Versteck. »Da ist noch mehr.« Sie tastete und zog ein ledergebundenes Buch heraus. *Necronomicon* stand in silbernen Lettern darauf.

»Wow«, murmelte Russell.

»Was ist das?«, wollte Anton wissen.

»Eine Art Zauberbuch«, antwortete Johnny. Er war sich nicht sicher, aber er meinte, in einem seiner *John Sinclair*-Hefte etwas darüber gelesen zu haben. »Wir werden es mitnehmen und labortechnisch untersuchen.«

»So was könnt ihr?«

»Yep!«, nickte Johnny.

Russell und Millie sahen ihn verwundert an, aber Johnny beachtete sie gar nicht. Er konnte es kaum erwarten, Erasmus das Buch zu zeigen. Mit schnellen Schritten verließ er den Raum, die anderen folgten ihm.

»Ich gehe jetzt zu meinen Eltern«, sagte Anton. »Vielleicht gibt es Neuigkeiten von meinem Großvater.

»Tu das. Und halte uns auf dem Laufenden«, antwortete Johnny.

»Den wären wir los«, meinte Millie. »Ich bin gespannt, was der Schädel zu dem Buch sagt.«

»Und ich erst!« Johnny stieß die Tür zu seinem Zimmer auf. »Du ahnst nicht, was wir gefunden haben!«, rief er aufgeregt.

»Hallo, Millie!« Erasmus saß auf der Fensterbank und sah ihnen entgegen.

»Hallo!«, entgegnete Millie etwas schüchtern.

»Jetzt mach's nicht so spannend. Zeig dem Klapperkopf, was wir gefunden haben!«, drängelte Russell.

»Tataaaa!« Johnny zog das *Necronomicon* hinter seinem Rücken hervor und hielt es Erasmus unter die Nase. Seine Reaktion überraschte nicht nur Johnny. Der Schädel wurde unter der moorbraunen Verfärbung zuerst blass und dann dunkelrot. Er fing an zu glühen, rollte mit seinem Mondsteinauge und klapperte mit den Zähnen wie eine Nähmaschine. So aufgeregt hatten die Geisterjäger ihn noch nie gesehen.

»Das ist … unmöglich!«, keuchte der Schädel heiser. »Ist das etwa … das ist … das Nec… das Nec… unmöglich.«

»Da staunst du, was?«, grinste Johnny. »Wir haben den alten Schinken in dem verschlossenen Zimmer gefunden. In einem Versteck in der Wand.«

Der Schädel fing an zu dampfen. »Leg es hier vor mich auf die Fensterbank«, verlangte er.

Johnny zögerte. »Bist du sicher, dass du keinen Arzt brauchst?«

»Ja, du siehst echt nicht gut aus«, meinte Russell.

»Ich brauche keinen Arzt!«, blaffte der Schädel. »Ich kühle mich gerade wieder runter. Und jetzt leg es hierhin!«

Johnny tat, was der Schädel verlangte.

Erasmus betrachtete das Buch, blätterte mithilfe seines magischen Auges in den Seiten und sah dann auf. »Es ist eine Abschrift«, sagte er. »Kein Original.«

»Na und?«

»Es ist fantastisch!«, freute sich der Schädel. »Und es war absolut richtig, dass ihr es sofort zu mir gebracht habt. Allein das Lesen des *Necronomicons* kann für Unwissende verheerende Folgen haben.«

»Echt? Was steht denn da so drin?«, fragte Russell.

»Alles, was einen Jungen wie dich nicht zu interessieren hat«, knurrte Erasmus. »Beschwörungsformeln, Flüche, magische Symbole …«

»Also Zauberkram«, meinte Millie.

»Ich glaube, man kann damit Zombies erschaffen, oder?«, sagte Johnny und sah Erasmus fragend an.

»Zombies? Unsinn. Hat dir die Mambo wieder eine ihrer Voodoo-Geschichten erzählt?«

In diesem Moment klopfte es an die Tür. Johnny warf ein T-Shirt über den Schädel, und Russell öffnete.

Anton stand aufgeregt davor. »Mein Großvater ist wieder da!«

18. Kapitel

Die Waffen der Geisterjäger

In der Eingangshalle waren alle in großer Aufregung. Anton ging sofort zu seinen Eltern, und auch Johnny, Millie und Russell drängten sich durch die Menge.

»Ist das wirklich wahr?«, erkundigte sich Johnny bei seinem Vater. Der nickte.

»Genau wissen wir es erst, wenn wir in Innsbruck waren«, sagte Johnnys Mum ehrlicherweise. »Die Polizei hat gerade angerufen. Sie haben einen verwirrten Mann aufgegriffen, auf den die Beschreibung von Onkel Albert zu hundert Prozent passt. Er hat keine Papiere dabei und ist jetzt auf der Polizeistation in Innsbruck. Wir fahren mit Antons Eltern hin und holen ihn dort ab.«

»Ich glaube nicht, dass er es ist …«, meinte Johnny.

»Wir werden sehen«, erwiderte seine Mutter und zog ihren Mann mit sich fort.

»Ich wette, dass es falscher Alarm ist«, sagte Johnny, nachdem seine Eltern weg waren.

Russell zuckte mit den Schultern. »Wenigstens kommen sie uns jetzt nicht in die Quere, und wir können den Schädel weiter wegen des Zauberbuchs ausquetschen.« Er grinste. »Und wer weiß, vielleicht hat er sogar eine Idee, wo sich die eisige Lady versteckt.«

»Ohne mich, Jungs«, unterbrach Millie sie. »Ich brauche eine Pause. Es ging alles so schnell, ich hatte nicht einmal Zeit, meinen Pullover zu wechseln. Hören strengt unheimlich an. Also, interviewt den Schädel gerne weiter. Ich komme später dazu.«

Während die Jungs den allwissenden Schädel befragten, wo sie mit der Suche nach der eiskalten Gräfin beginnen sollten, stieg Millie die Treppen hinauf in ihre Kammer unter dem Dach. Kaum hatte sie die Tür hinter sich geschlossen, ließ sie sich aufs Bett fallen.

Sie lag auf dem Rücken und konnte durch das Dachfenster

direkt in den Himmel blicken. Es fing gerade an, dunkel zu werden, und zwischen den Wolken zeigten sich bereits die ersten Sterne.

Plötzlich hörte Millie ein Geräusch. Sie lag ganz still und lauschte. Da waren Schritte, die direkt an ihrem Bett vorbeigingen. Auf und ab. Dann rumpelte es, als würde jemand eine verklemmte Schublade öffnen.

Millie setzte sich auf. Ihr war sofort klar, dass es sich bei den Geräuschen um einen Widerhall aus der Vergangenheit handeln musste.

Ihr Blick blieb an dem alten Schrank hängen. Sie stand auf und versuchte, die Schranktür zu öffnen. Sie klemmte. Millie ruckelte daran, bis sie sich schließlich öffnen ließ, und sah hinein. Der Schrank war leer. Aber hinter der anderen Tür lagen die Handtücher und die Bürste, von der Frau Bergammer ihr erzählt hatte. Es war ein schönes Stück, mit einem verzierten Griff.

Millie nahm sie heraus und trat nachdenklich vor den runden Spiegel, der über dem Waschtisch an der Wand hing. Die Haare fielen ihr strähnig ins Gesicht, und ihre Augen blickten müde. Ganz automatisch fing Millie an, sich zu kämmen. Einmal ... zweimal ... Da erfasste sie plötzlich ein Strudel. Das Zimmer fing an, sich zu drehen. Schneller und immer schneller, bis die Konturen wie Farbschlieren verwischten und Millie mit einem dumpfen Poltern zu Boden fiel.

Sie sprang blitzartig auf und rutschte prompt aus. Der Boden unter ihren Füßen hatte sich in eine spiegelglatte Eisfläche verwandelt. Statt in ihrer Kammer stand sie plötzlich in einem großen eisigen Raum. Die bodenlangen Fenster standen sperrangelweit offen, und ein kalter Wind blies Schnee herein.

Millie sah sich um. Von einer mit Eis überzogenen Decke blickten kleine geschnitzte Figuren auf sie herab, und eine breite Treppe mit ausgetretenen Stufen führte auf eine Galerie im ersten Stock. Eiszapfen hingen wie Dolche vom Geländer, und ein Teppich aus Schnee führte geradewegs nach oben.

Millie fing vor Kälte an zu zittern. Sie musste hier raus. Und zwar schnell!

Mit Anlauf schlitterte sie in Richtung der geöffneten Fenster und prallte im nächsten Moment zurück, als sei sie gegen eine unsichtbare Wand gelaufen. Dann hörte sie Stimmen. Zuerst war es nicht mehr als ein Wispern, doch dann schwollen die Stimmen zu einer Lautstärke an, dass es in Millies Ohren dröhnte. Hatte man sie entdeckt?

Die Stimmen verklangen, und Millies Blick fiel auf die Bürste, die sie noch immer fest umklammert in der Hand hielt. Einer Eingebung folgend fuhr sie sich damit erneut durchs Haar. Einmal ... zweimal ... Es funktionierte. Wieder wurde Millie von einem Wirbel erfasst und landete im nächsten Moment auf dem Boden in ihrer Kammer.

Ein Stockwerk tiefer sah Russell ungeduldig auf die Uhr. »Vielleicht ist sie eingeschlafen«, überlegte er. »Wenn sie nicht gleich kommt, gehe ich sie holen.«

Im selben Augenblick klopfte es an der Tür.

Johnny grinste. »Deine Hellseherei ist mir nicht geheuer.«

»Wollt ihr sie nicht reinlassen?« Erasmus konnte seinen Blick nicht mehr von dem sagenumwobenen Buch abwenden. Dass Violante von Tattenberg im Besitz eines so mächtigen schwarzmagischen Werkes gewesen war, sagte alles über ihre rabenschwarze Seele.

Für den Schädel war dieses Buch ein wahrer Glücksfall. Hier fand sich alles, was ein Alchemist seiner Klasse wissen musste. Er war seinem Ziel, irgendwann wieder einen eigenen Körper zu besitzen, ein großes Stück näher gekommen. Allein dafür liebte er die jungen Geisterjäger.

»Hi, Millie!«, sagte Russell und sah das Mädchen verwundert an, denn sie hielt eine Haarbürste in der Hand. »Ich wollte dich gerade wecken kommen.«

»Ich ... ich muss euch etwas Wichtiges erzählen!« Millie drängte sich an Russell vorbei ins Zimmer. »Ihr haltet mich vermutlich für verrückt ...«

»Wer denkt denn so was?«, sagte Russell und grinste.

»Ich glaube, ich weiß, wie wir die eiskalte Gräfin finden«, fuhr Millie unbeirrt fort.

»Du weißt WAS?!«, riefen Johnny und Russell im Chor.

»Ich weiß, wie wir sie finden!« Millie setzte sich neben Erasmus auf den Schreibtisch und ließ die Beine baumeln.

»Wie?!«, fragte Johnny.

»Ja, mach's nicht so spannend!«, knurrte Russell.

Millie hielt triumphierend die Bürste in die Luft. »Hiermit!«

»Spinnst du?« Russell sah Millie entrüstet an. »Sie ist total übergeschnappt!«, raunte er Johnny zu. Und der nickte.

Nur Erasmus hatte verstanden. »Die Bürste ist ein Portal, habe ich recht?«

»Keine Ahnung, ob sie ein Portal ist. Aber ich habe mich damit gekämmt, und plötzlich war ich an diesem eisigen, düsteren Ort.«

Die Jungs starrten Millie an wie das Ungeheuer von Loch Ness. »Und das ist kein Witz?«, fragte Johnny.

»Probier es aus!«, forderte Millie ihn auf und reichte ihm die Bürste.

»Sie fühlt sich ganz normal an«, fand Johnny.

»Moment!«, rief Erasmus. »Bevor du sie in deinem gefährlichen Leichtsinn ausprobierst, solltest du dich ausreichend bewaffnen. Sonst steckst du schneller in einem Eiswürfel, als dir lieb ist. Einer alleine wird es sowieso nicht schaffen. Ihr müsst alle gehen!«

Johnny ließ die Bürste sinken. »Ich fürchte, der Schädel hat recht. Also, wie sieht's aus? Hat einer von euch Lust, die kalte Mamsell ins Nirwana zu schicken?«

Millie hob die Hand, und Russell schloss sich ihr zögernd an. »Aber ich kriege das Amulett«, verlangte er.

Johnny lächelte. »Logisch.«

»Prima. Und diesmal bin ich auch dabei«, sagte Erasmus und klapperte fröhlich mit den Zähnen. »Ich will mir die Besitzerin des *Necronomicons* unbedingt in natura ansehen.«

Die Geisterjäger nickten erleichtert. »Okay, wir nehmen alles mit, was wir für die Geisterjagd dabeihaben ...«

»Und wenn möglich noch ein bisschen mehr!«, verlangte der Schädel. »Es muss nicht immer der Gargoyle 5000 sein. Es gibt da ein paar Hausmittel, die sich hervorragend zur Geisterjagd eignen. Mit Freude erinnere ich mich daran, wie wir einst einen riesigen Schlottergeist nur mit der Kraft von Zitronensaft auf die Größe einer Streichholzschachtel schrumpfen ließen.«

»Klingt gut«, fand Johnny. »Trotzdem sollten wir uns mit den Vorbereitungen beeilen. «

»Wie wäre es mit Knoblauch?«, schlug Millie vor.

Johnny und Russell runzelten die Stirn.

»Anfängerin«, flüsterte Russell.

»Sehr schön!«, lobte Erasmus. »Knoblauch vertreibt Hass und Rachsucht. Das dürfte einem Rachegeist überhaupt nicht schmecken.«

Johnny war noch nicht überzeugt.

»Und ... was haltet ihr von Chinaböllern, Wasserbomben, Pfefferminzöl und Wärmflaschen?«, fragte Millie und lächelte breit. »Ähm, die Wärmflaschen müssten wir allerdings erst noch besorgen.«

»Alles andere hast du dabei?«, fragten Johnny und Russell verblüfft.

»Yep! Die Chinaböller hab ich am Bahnhof gekauft.« Millie sprang vom Tisch. »Ich habe mich auf unseren Einsatz vorbereitet. Soll ich die Sachen holen?«

»Je eher, desto besser!«, antwortete Erasmus. »Packt eure Rucksäcke! Ihr habt zehn Minuten Zeit, alles zu besorgen, was sich zur Geisterjagd eignet. Denkt vor allem ans Salz. Bringt davon so viel, wie ihr tragen könnt.«

Die Geisterjäger schwärmten aus, und als ihre Waffen wenig später vor ihnen auf dem Tisch lagen, wirkten sie schon viel zuversichtlicher. Dem Rachegeist der Gräfin würden sie schon ordentlich einheizen!

Millie beträufelte die Teebeutel mit Pfefferminzöl. Ein Duft, den Geister noch viel mehr verabscheuten als den Geruch von Knoblauch. Russell füllte sein Salzhorn und so viele Salzwasserbomben, wie die Geisterjäger an ihren Gürteln befestigen konnten. Anschließend packte Johnny das Wurfnetz, die Zwille und die winzigen Silberkugeln in seinen Rucksack.

»Seid ihr bereit?«, fragte der Chef der Geisterjäger.

»Bereit!«, riefen Millie und Russell im Chor.

»Bei diesem Einsatz müsst ihr nicht nur bereit, sondern auch warm genug angezogen sein!«, erinnerte Erasmus. »Es wäre schade, wenn wir die Aktion abbrechen müssten, bloß weil einer von euch Eisbeine bekommt.«

»Ich habe drei Thermohosen übereinander an«, tat Russell kund.

»Okay, dann kann's ja jetzt losgehen!« Johnny griff nach der Bürste.

»Halt!«, donnerte Erasmus. »Habt ihr denn nicht das klitzekleinste bisschen gelernt?!«

Der Chef der Geisterjäger wurde rot wie ein Radieschen.

»Russell, würdest du freundlicherweise ein Pentagramm auf den Boden zeichnen?«, sagte er dann.

»Du meinst einen magischen Schutzkreis, in dem wir vor Geisterattacken sicher sind?«, fragte Russell und zwinkerte Erasmus zu. Der Schädel atmete erleichtert auf.

»Wenn ihr euch das Pentagramm für Millies Kammer aufhebt, bin ich zufrieden«, knurrte er. »Wir reisen von dort aus. Hier wird es nicht funktionieren.«

Johnny versuchte so auszusehen, als wäre das das Nächste, was er hätte sagen wollen. »Ihr habt's gehört, Leute. Gehen wir rauf in Millies Kammer und zeigen's der eisigen Lady!«

19. Kapitel

Im Eishaus

»Hier ist es aber ziemlich eng. Wie soll ich da ein ordentliches Pentagramm zeichnen?«, beschwerte sich Russell.

»Wir warten draußen. Lass einfach die Tür auf«, knurrte Erasmus, der gut gesichert in Johnnys Kapuze saß.

Russell war der beste Pentagramm-Zeichner, den Johnny je gesehen hatte. Er setzte das Kreidestück nicht ein einziges Mal ab. Das war enorm wichtig, denn sollte das Pentagramm auch nur eine winzige Lücke aufweisen, war der Schutzkreis unterbrochen. Und Geistwesen konnten problemlos eindringen. »Fertig!«, sagte Russell zufrieden. »Es kann losgehen.«

Die Geisterjäger betraten das Pentagramm. »Reicht euch die Hände, damit ihr als Gruppe reist!«, forderte Erasmus sie auf. »Und jetzt fang an, Millie. Tu genau das, was du vorhin auch getan hast.«

»Okay.« Millies Stimme klang angespannt. »Ich habe mir bloß die Haare gekämmt.«

»Dann tu es auch jetzt!«

»Haltet euch fest«, murmelte Millie und fuhr sich mit der Bürste durch die Haare. Einmal, zweimal, aber nichts geschah.

»Versuch's noch mal!«, zischelte Johnny.

Millie kämmte und kämmte. Doch sie standen noch immer in der kleinen Kammer.

Allmählich wurde Russell ungeduldig. »Lass mich mal!« Er nahm ihr die Bürste aus der Hand und striegelte sich die Haare.

Nichts.

»Versuch du's mal!« Er drückte Johnny die Bürste in die Hand. Der sah ihn spöttisch an und fuhr sich kurz durchs Haar.

Einmal ... zweimal ...

Der Strudel, der sie erfasste, war so heftig, dass sie den Halt verloren und Johnny die Bürste aus der Hand gerissen wurde. Schneller und immer schneller drehte sich die kleine Kammer. Und als der Kreisel sie wieder ausspuckte, rollten sie allesamt über den eiskalten Boden.

»Die Bürste! Ich habe sie verloren!«, rief Johnny, sobald er seine Stimme wiedergefunden hatte.

»Was?!« Millie sprang auf die Beine. »Und wie kommen wir jetzt wieder weg?«

Sie hatten keine Zeit, darüber nachzudenken, denn in diesem Moment ließ ein Grollen die Mauern beben. Polarlichter zuckten wie in einer spektakulären Lasershow über den eisbedeckten Boden.

»Ich glaube, sie kommt!«, rief Russell erschrocken.

»Dann zeichne das Pentagramm!«, rief Erasmus mit donnernder Stimme. »Es muss groß genug sein, um sich von dort aus verteidigen zu können.«

Doch das war leichter gesagt als getan. Russell sah auf die spiegelnde Eisfläche zu seinen Füßen. »Könnte schwierig werden«, murmelte er und versuchte trotzdem, einen Kreidestrich zu ziehen.

»Es funktioniert nicht!«, rief Johnny nervös.

»Das sehe ich selbst!«, blaffte Russell zurück.

»Versuch es hiermit!« Millie kramte in ihrem Rucksack und zog eine Spraydose heraus.

Johnny und Russell sahen sich verdutzt an. »Pink?! Genau wie der knubbelige Geist, der an den Stromkasten vor der Schule gesprayt wurde«, sagte Russell.

»Und an die Müllcontainer ... und das Wartehäuschen ... Warst du das?« Johnny starrte Millie mit offenem Mund an.

»Kümmert euch endlich ums Pentagramm, oder habt ihr Lust, wie Fischstäbchen in diesem Eishaus zu liegen?«, knurrte Erasmus.

Russell nahm Millie die Spraydose aus der Hand, schüttelte sie und sprühte blitzartig ein perfektes Pentagramm auf den Boden. Mit einem Satz standen die Geisterjäger darin und atmeten erleichtert auf.

Die Polarlichter, die unablässig über den Boden liefen, prallten immer wieder gegen das Pentagramm. Aber sie konnten die unsichtbare Barriere nicht überwinden. Gespannt sahen sich die Geisterjäger um. Das Grollen war inzwischen verstummt. Dafür lag jetzt ein seltsames bläuliches Licht über allem und flackerte wie eine kaputte Glühbirne.

»Achtung!«, rief Erasmus.

Johnny pflückte eine Salzwasserbombe von seinem Gürtel und hielt sie fest in der Hand. »Seid ihr bereit?«

Die anderen nickten und starrten wie hypnotisiert auf das flackernde Licht.

»Sie kommt!«, flüsterte Russell. »Sie kommt ... Sie wird jeden Moment da sein. Oooh ... Wenn meine Mutter wüsste ...«

»Aus welcher Richtung kommt sie?«, unterbrach ihn Millie mit dünner Stimme.

»Stellt euch Rücken an Rücken!«, befahl Johnny. »Dann haben wir alle Seiten im Blick!«

Der Boden vibrierte unter ihren Füßen, und ein gezackter

Riss lief wie ein Blitz über das Eis. Dann war der Spuk vorbei. Das Flackern erlosch, und alles war totenstill.

»Was ist denn jetzt los?«, flüsterte Russell.

»Keine Ahnung.« Johnny wischte sich trotz der Kälte den Schweiß von der Stirn.

»Ist sie weg?«, fragte Millie.

»Unwahrscheinlich. Lasst uns nachsehen!«, schlug Johnny vor.

»Du willst, dass wir sie suchen?« Russell starrte den Chef der Geisterjäger ungläubig an.

»Deswegen sind wir hier!«, erklärte Johnny und trat entschlossen aus dem Pentagramm. Millie folgte ihm.

»Ich ... ich halte hier die Stellung«, sagte Russell.

»Wir brauchen aber deine Hilfe!«, knurrte Johnny.

Er und Millie tappten vorsichtig über das Eis bis zu der Tür, hinter der das blaue Licht seinen Ursprung zu haben schien.

Russell zog das eiserne Amulett unter seinem Pullover hervor und folgte den beiden über die glatte Eisfläche.

»Seid vorsichtig!«, warnte Erasmus. »Millie, kannst du etwas hören?« Millie schüttelte den Kopf.

Johnny blieb vor der geschlossenen Tür stehen. »Bei drei gehen wir rein! Eins ... zwei ... drei!« Er hielt die Salzwasserbombe fest umklammert und stieß die Tür auf. Ein Schwall eisiger Luft schwappte ihnen entgegen. Eiszapfen schienen vom Boden bis unter die Zimmerdecke zu wachsen.

»Das muss die Küche sein«, flüsterte Millie mit Blick auf den eisernen Herd, der mit einer zentimeterdicken Eisschicht überzogen war.

Sie hatte den Satz kaum ausgesprochen, als die gegenüberliegende Tür aufgestoßen wurde und eine schwarz gekleidete Frau hereinglitt. Unter einer Spitzenhaube schaute ein wächsernes, kleines Gesicht hervor. Ihr breiter Rock raschelte, als sie sich den Geisterjägern langsam näherte.

Johnny überlegte gerade, was zu tun war, da machte die Frau einen Satz, den ihr niemand zugetraut hätte. Die knochigen Finger zu Klauen gekrümmt, stürzte sie sich auf die Kinder.

»Feuer frei!«, schrie Johnny, und alle drei Geisterjäger schleuderten ihr die Salzwasserbomben entgegen. Sofort blieb die schreckliche Frau stehen und starrte ungläubig auf die Stellen, an der die Wasserbomben auf ihrem Kleid zerplatzt waren. Das Salz fraß sich durch ihre Kleidung und fing an, ihren eisigen Körper aufzutauen. Sie legte den Kopf in den Nacken und stieß einen wütenden Schrei aus. Gleich darauf fing der Boden an zu vibrieren.

»Ich glaube, sie ist jetzt richtig sauer!« Russell sah sich panisch um.

»Rückzug!«, rief Johnny, und die Geisterjäger schlitterten und stolperten, so schnell sie konnten, aus dem Raum. »Ins Pentagramm!« Johnny warf einen ängstlichen Blick zurück.

In der Tür stand eine große Frau in einem eisblauen Kleid.

Ihre Gesichtszüge waren reglos und hart, als wären sie aus Stein. Doch in ihren Augen tanzten flackernde Irrlichter. Johnnys Blick zurück dauerte bloß Sekunden. Dann schlugen auch schon die ersten geschleuderten Blitze neben ihm ein. Wind pfiff durch die offenen Fenster, und in der Halle bildete sich eine Säule aus Schnee. Winzige Eiskristalle wirbelten wie Geschosse durch die Luft und trafen Johnny an den Händen und im Gesicht. Er konnte nur ahnen, in welcher Richtung sich das Pentagramm befand.

Da hörte er Russells Stimme: »Hierher!«, schrie er, und Johnny rettete nur noch ein beherzter Sprung in den magischen Schutzkreis.

»Alter Verwalter!«, japste Russell.

Millie sah ihn forschend an. »Du blutest«, sagte sie und deutete auf Johnnys Wange.

»Echt?« Er fuhr sich mit dem Handrücken über das Gesicht.

»Das war verdammt knapp«, ächzte Russell.

»Und es war erst der Anfang!«, machte Erasmus ihnen Mut.

Sobald Johnny im Pentagramm stand, war der Schneespuk vorbei. Die Gräfin glitt an der magischen Barriere auf und ab und warf ihnen immer wieder wütende Blicke zu.

»Seht ihr niemals in die Augen!«, warnte Erasmus.

Doch das hätte Johnny ohnehin nicht getan. Kein Mensch würde freiwillig in diese seelenlosen, eisigen Augen schauen.

In diesem Moment schleuderte Russell eine Salzwasserbombe auf den Geist. Die Gräfin stieß ein fürchterliches Fauchen aus. Doch der Strahl ihres eisigen Atems löste sich an den Umrissen des Pentagramms auf und fiel als Schneeflocken zu Boden.

Sofort fühlten sich die Geisterjäger sicher und feuerten aus allen Rohren. Doch die Wasserbomben zerplatzten zischend an der eisigen Gräfin wie Tropfen auf einem heißen Stein. Auch Johnnys Silberkugeln konnten keinen echten Schaden anrichten. Im Gegenteil, ihre Attacken schienen die Wut der Gräfin nur noch anzustacheln. Sie war ständig in Bewegung und suchte offensichtlich eine Lücke im Pentagramm.

»Hört auf!«, gab Johnny das Kommando. »Wir verpulvern bloß unsere Munition.«

»Na super!«, brummte Russell. »Jetzt haben wir uns selbst in diesem Pentagramm eingesperrt.«

»Das Pentagramm schwächt eure Attacken«, meldete sich Erasmus aus Johnnys Kapuze. »Ihr seid hier zwar sicher, aber um sie zu besiegen, müsst ihr dieses lauschige Plätzchen wohl oder übel verlassen.«

»Wie lange dauert es, bis ein Rachegeist zum Klo muss?«, erkundigte sich Russell.

»Ihr müsst Geduld haben und euch bereithalten«, knurrte Erasmus.

Wie recht der Schädel hatte, zeigte sich bereits im nächsten Augenblick. Am anderen Ende des Raums bildete sich ein farbiger Strudel. Es rauschte, als würden hundert Vögel gleichzeitig in die Luft steigen …

… und im nächsten Moment kullerten Levinia, Larissa und Trudi über den Boden.

»He, was ist denn jetzt los?«, wunderte sich Trudi. Sie hielt die Bürste noch immer fest in der Hand.

»Och nee, die haben uns gerade noch gefehlt!«, rief Johnny.

»Als wenn wir nicht schon genügend Probleme hätten!«, stöhnte Russell.

»Wo sind wir?«, fragte Larissa mit bebender Stimme. Levinia sah sich um, und schon hatte sie die Geisterjäger, das Pentagramm und die eisige Gräfin entdeckt. Obwohl sie keine Ahnung von magischen Dingen hatten, spürten die Schwestern die Gefahr.

»Oh-oh. Das sieht gar nicht gut aus. Besser, wir verschwinden ganz schnell!«, presste Levinia heraus und zog Trudi und Larissa mit sich Richtung Tür.

»Achtung, hinter euch!«, rief Johnny.

Die Mädchen wirbelten herum und kreischten, wie sie noch nie in ihrem Leben gekreischt hatten. Die Zofe der Gräfin hatte sich von hinten angeschlichen und griff glücklicherweise ins Leere. Die Mädchen stoben auseinander und schlitterten Hals über Kopf davon.

Die eiskalte Gräfin beobachtete das Spektakel eine Weile. Dann richtete sie ihren Tiefkühlblick zuerst auf Levinia, die sie wie ein hypnotisiertes Kaninchen anstarrte. Anschließend verwandelte sie auch Trudi und Larissa in Statuen aus Eis.

»Jetzt oder nie!«, zischte Erasmus. »Lauft die Treppe hinauf!«

Die Geisterjäger zögerten nicht lange. Sie verließen das schützende Pentagramm und stolperten die ausgetretenen Treppenstufen hinauf. Schnaufend blieben sie oben stehen. Die lange Galerie verlor sich in der Dunkelheit, und auch hier herrschte eine eisige Kälte.

»Habt ihr ... habt ihr gesehen, was sie mit den Mädchen gemacht hat?«, rief Russell aufgeregt.

»Jetzt können sie wenigstens keinen Schaden anrichten, während wir mit den beiden Rachegeistern beschäftigt sind«, sagte Millie nicht gerade mitfühlend.

»Und unsere To-do-Liste wird immer länger«, brummte Johnny. »Wir sollten versuchen, die Gräfin und ihre Zofe hier raufzulocken. Vielleicht können wir sie aus dem Hinterhalt überrumpeln.«

Eine Hand am Gürtel, öffnete er vorsichtig die Tür zu seiner Rechten und ließ die Taschenlampe aufblitzen. Der Raum schien nichts weiter zu sein als eine Rumpelkammer. Da machte es plötzlich »Klick!«, und Licht flammte auf. Johnny fuhr erschrocken herum.

Millie stand grinsend neben dem Lichtschalter.

»Hier gibt es Licht?«, staunte er.

»Sieht so aus«, sagte Millie.

»Seid wachsam!«, mahnte Erasmus.

»Logisch!«, murmelte Johnny.

Im selben Moment fing das Licht in der Kammer an zu flackern.

»Ich glaube, da kommt jemand!«, flüsterte Millie. »Schnell raus, bevor man uns hier einschließt!«

Die Geisterjäger traten hinaus auf die Galerie. »Wir brauchen ein Pentagramm!«, erinnerte Erasmus.

»Schnell, gib mir die Spraydose. Dahinten bewegt sich was!«, rief Russell aufgeregt.

Die schwarz gekleidete Gestalt am Ende der Galerie glitt lautlos auf sie zu.

»Millie, die Spraydose!«, drängte Russell.

»Geister müssen auf Abstand gehalten werden!«, warnte Erasmus.

Millie warf Russell die Dose zu, und der sprayte ein Pentagramm auf den Boden.

Das heißt, er versuchte es. Pfffff...

»Verdammter Mist!« Russell schüttelte die Dose.

»Was ist?«, fragte Johnny. Er und Millie hatten sich schützend vor Russell gestellt und ließen die Zofe der Gräfin nicht aus den Augen.

Pfff... pfff... Russell schüttelte die Dose erneut. »Sie ist leer! Was hast du damit alles besprüht?!«

»Erzähle ich dir später«, murmelte Millie.

Der Geist der Zofe war inzwischen ganz nah. Entschlossen schleuderte sie dem Rachegeist eine Salzwasserbombe entgegen. Die gespenstische Zofe zögerte. Johnny legte nach. Die beiden Geisterjäger warfen Wasserbomben, dass es nur so spritzte. Und Russell warf wütend die Spraydose nach ihr.

»Chchchchch!«, fauchte der Geist und wich Schritt für Schritt zurück. Johnny zog die Zwille aus der hinteren Hosentasche und verschoss zwei lächerlich kleine Silberkugeln. Doch das Silber tat seine Wirkung. Ektoplasma, die Substanz, aus der Geister zu 92 Prozent bestehen, tropfte aus der Stelle, an der die Silberkügelchen die Erscheinung getroffen hatten. Der Rachegeist knurrte wie ein wütender Tiger.

Und griff ganz plötzlich an. Die Zofe legte den Kopf in den Nacken und spuckte das giftige Plasma in Richtung Geisterjäger. Johnny, Russell und Millie machten einen Satz rückwärts. Trotzdem traf Johnny ein Spritzer am Bein.

»Au!«, schrie er und versuchte, die klebrige Substanz abzuwischen. Zu spät, das Geisterplasma fraß sich durch seine Hose und brannte sich ätzend in seine Haut. Johnny krempelte sein Hosenbein auf.

»Du musst die Wunde mit Salzwasser ausspülen!«, rief Erasmus aus der Kapuze. Sofort war Russell bei ihm und opferte die letzten Salzwasserbomben, um die Wunde seines Chefs zu reinigen.

Millie hielt die Zofe inzwischen mit den in Pfefferminzöl getränkten Teebeuteln in Schach. Die Wirkung war verblüffend. Bereits nach dem ersten Treffer heulte der Geist auf wie ein Rudel wütender Wölfe.

Johnny und Russell kamen Millie zu Hilfe. Sie ließen die Teebeutel wie Propeller kreisen und warfen sie dann der Zofe mitten ins Gesicht. Die holte tief Luft und fing an ... zu niesen. »Hatschi! Hatschi! HATSCHI!«

»Ich wusste nicht, dass man gegen Pfefferminzöl allergisch sein kann!«, rief Russell jubelnd.

Die Geisterjäger gönnten ihr keine Pause. Sie pfefferten einen Teebeutel nach dem anderen auf die Erscheinung und sahen mit Erleichterung, wie die Zofe Risse bekam. Dort, wo das Pfefferminzöl sie berührt hatten, stiegen graue Plasmafäden auf und hüllten sie wie Rauchfahnen ein.

»Achtung!«, warnte Erasmus, der die Galerie hinter ihnen nicht aus den Augen ließ.

Johnny wirbelte herum und stöhnte im selben Moment auf. Die Eisgräfin war von den Schreien der Zofe angelockt worden und schwebte nun zu ihnen auf die Galerie. Das schneeweiße Gesicht zeigte keine Regung, als sie beinahe majestätisch auf sie zuglitt.

Johnny lief ein unangenehmes Kribbeln über den Rücken. Auf der einen Seite die Zofe, die glücklicherweise dabei war, sich aufzulösen. Auf der anderen Seite der Geist der eiskalten

Gräfin, die jetzt ihre neblige Hand nach ihm ausstreckte und ihn mit dem Zeigefinger zu sich heranwinkte.

»Kümmert ihr euch um die Gräfin! Ich erledige die Zofe«, rief Millie.

Johnny hörte ihre Stimme nur wie durch Watte. Ein seltsamer Sog ging plötzlich von der Gräfin und ihrem frostigen Blick aus. Wie ferngesteuert schritt der Geisterjäger auf sie zu ...

20. Kapitel

Tauwetter

»Sieh sie nicht an!«, rief Erasmus.

Doch da war es auch schon zu spät. Johnny fühlte, wie die Kälte durch seinen Körper lief und seinen Willen lähmte.

»Sieh sie nicht an!«, rief Erasmus ein zweites Mal.

Aber Johnny hörte ihn nicht mehr. Hölzern wie eine Marionette ging er der eiskalten Gräfin entgegen.

Und dann war da plötzlich dieses Licht. Hell und warm und wunderbar. Er sah Funken und hörte ein Knistern. Es war so

real, dass Johnny sogar meinte, Wärme zu spüren. Ein Lächeln lief über sein Gesicht.

Und plötzlich begriff er es! Russell, dieser Goldjunge, hatte sich mit einem Bündel Sternenschneuzer, die nichts anderes waren als große Wunderkerzen, zwischen ihn und die Gräfin gestellt. Jetzt fing er sogar an, sie damit zu bewerfen. Wie ein Messerwerfer im Zirkus schleuderte er dem Rachegeist die funkelnden Sternenschneuzer entgegen.

Johnny brauchte einen kurzen Moment, um sich zu besinnen. Dann schüttelte er sich wie ein nasser Hund und bombardierte die Gräfin mit einer Handvoll Chinaböller.

Die Geistererscheinung nahm Reißaus. Sie schwebte über die Brüstung der Galerie und glitt hinunter in die Halle.

Johnny und Russell wollten sie gerade verfolgen, als Millie verzweifelt rief: »Die Teebeutel sind alle!«

Sofort waren die Geisterjäger an ihrer Seite. Russell zielte. Ein einziger funkensprühender Sternenschneuzer genügte, und der Rachegeist der Zofe löste sich endgültig auf.

»Bist du okay?«, fragte Johnny. Millie nickte. »Und du?«

»Ich auch«, sagte Johnny. »Ich habe keine Ahnung, was da mit mir passiert ist. Mir war so kalt, und ich konnte mich nicht gegen sie wehren.« Er sah Russell an und lächelte. »Und dann kamst du und das Bündel Sternenschneuzer. Es war total krass. Aber auf einmal wurde es hell und warm, und ich konnte wieder ganz normal denken.«

»Die Helligkeit kam von den Sternenschneuzern«, sagte Russell. »Für die Wärme musst du dich bei dem Schädel bedanken. Hätte der seine Rübe nicht zum Glühen gebracht, wärst du sicher erfroren.«

»Echt?« Johnny verrenkte sich den Hals, um in seine Kapuze blicken zu können.

»Nicht der Rede wert. Ich spiele gerne den Taschenofen«, knurrte Erasmus.

Da hörten sie unter sich ein Klirren, das klang, als wäre eine Fensterscheibe zu Bruch gegangen. Trotz seines schmerzenden Beins stürzte Johnny ans Geländer und sah hinunter.

Die eisige Gräfin stand direkt unter ihnen und hatte einen Teil des Eispanzers, der Trudi umgab, gesprengt. Steifgefroren stand das Mädchen da.

»Was hat sie vor?«, flüsterte Russell.

»Ich glaube, sie will an die Bürste«, zischelte Johnny.

»Sie will zurück ins Schloss«, murmelte Russell.

Johnny und Millie lehnten über dem Geländer und sahen runter in die Halle.

»Sie steht direkt unter uns«, flüsterte Millie.

»Perfekt!«, murmelte Johnny und zog das Silbernetz aus seinem Rucksack.

»Was hat er mit dem Netz vor?«, flüsterte Millie.

»Er will sie bannen!«, erklärte Russell.

»An Ort und Stelle festnageln«, bestätigte Johnny. Er ließ

das Silbernetz ein paarmal um seinen Finger kreisen, sodass es sich ausbreiten konnte, und ließ es dann wie einen Fallschirm auf die eiskalte Gräfin fallen.

Sobald das Silbernetz sie berührte, wurde die Gräfin fuchsteufelswild. Sie fing an, zu fauchen und Geisterplasma zu spucken. Aber unter dem Netz konnte sie nicht entkommen. Die Geisterlady tobte! Hasserfüllt starrte sie zu ihnen hoch und schleuderte eisige Blitze in ihre Richtung. Doch die konnten das silberne Gefängnis ebenso wenig verlassen wie die Gräfin selbst.

»Und jetzt kommt der Rest!«, rief Russell und schüttete sein gesamtes Salzhorn über dem Rachegeist aus. Die Gräfin stutzte und brach in ein so lautes und hysterisches Gelächter aus, dass den Geisterjägern ganz mulmig wurde. Glücklicherweise zeigte das Salz sofort Wirkung. Die grässliche Gräfin fing an zu schmelzen. Wie ein Schneemann im Frühling wurde sie immer kleiner, bis bloß eine Pfütze von ihr übrig blieb.

»Wenn ich Hände hätte, würde ich jetzt klatschen«, sagte Erasmus trocken.

»Wow!« Russell fuhr sich durchs Gesicht. »Ich wette, die sehen wir nie wieder.«

»Und ich wette, du hast recht!«, grinste Johnny. »Jetzt haben wir freie Bahn, um uns um die Mädchen zu kümmern und Sebastian und Antons Großvater zu suchen. Ich bin sicher, die Gräfin hält sie hier irgendwo gefangen.«

Millie sah sich um. »Seltsam. Kommt es nur mir so vor, oder findet ihr auch, dass es auf einen Schlag wärmer in der Hütte geworden ist?«

»Du hast recht. Das Eisige ist aus der Luft verschwunden. Ein guter Zeitpunkt, um die Mädchen aufzutauen!«

Erasmus räusperte sich in seiner Kapuze. »Damit würde ich noch ein bisschen warten.«

»Warten? Worauf?«

»Ich an eurer Stelle würde mich zuerst um den Grafen und seinen Chauffeur kümmern. Die Mädchen könnten einen Schock erleiden, wenn sie die beiden als Eisblöcke zu Gesicht bekämen.«

»Und sie würden wie die Kletten an euren Hosenbeinen hängen«, sagte Millie.

»Ihr habt recht. Also lasst uns zuerst Sebastian und Antons Großvater finden.«

Lange brauchten die drei nicht nach ihnen zu suchen. Noch im Erdgeschoss wurden sie fündig. Unter der Tür des Festsaals auf der gegenüberliegenden Seite quoll Bodennebel heraus. Johnny drückte vorsichtig die Klinke herunter und ließ seine Taschenlampe aufblitzen. Eine feuchte Kälte schlug ihm entgegen. Der Strahl seiner Taschenlampe glitt durch den dunklen Raum, und Johnny hielt unwillkürlich die Luft an.

»Was ist?«, fragte Russell.

»Eine Eiskammer voller Skulpturen!«, murmelte Johnny.

»Warum macht ihr nicht einfach das Licht an?«

Millie griff neben Johnny an die Wand und drückte den Schalter. Das Licht schmerzte in ihren Augen.

»Mein lieber Eisbär!«, staunte Russell. Und er hatte recht. Im Festsaal des Hauses standen Füchse, Dachse und Hirsche in Eisblöcken gefangen.

Millie stieß Johnny erschrocken an. »Sieh mal da!« Der Geisterjäger schluckte. Vor dem Fenster standen auch Sebastian und Antons Großvater. Erstarrt in ihrer letzten Bewegung, waren sie im Eis gefangen. Der Graf hatte die Hand erhoben und blickte ihnen fast zornig entgegen. Sebastian stand ein wenig nach vorn gebeugt und schien sich nach etwas umzusehen.

»In diesem Moment muss ihn der Kältefluch der Gräfin getroffen haben«, überlegte Russell.

»Sieht ja schaurig aus!« Millie schüttelte sich. »Ist das der Graf, nach dem wir suchen?«

»Ja, oder glaubst du, es stehen ein paar Dutzend davon herum?«

Millie zuckte mit den Schultern. »Wer weiß.«

»Seht nach, ob sie noch leben!«, forderte der Schädel sie auf.

»Soll ich ihnen etwa den Puls fühlen?«, fragte Johnny spöttisch.

»Du sollst ihnen in die Augen schauen. Sie fangen an aufzutauen, und die Augen sind das Erste, was sie bewegen können.«

Sofort lief Johnny zu Antons Großvater und sah ihm forschend in die Augen. Die blickten zuerst zornig, dann wurden sie vor Erstaunen ganz groß und rund. Johnny atmete erleichtert auf.

»Wir holen Sie hier raus, Sir!«, sagte er und sah sich nach Sebastian um. Der zwinkerte wie verrückt. »Ich habe es gesehen. Halten Sie durch!«, sagte Johnny.

»Die Tiere blinzeln nicht«, meinte Millie traurig.

»Sie sind zu alt. Vermutlich stecken sie seit hundert Jahren im Eis. Ihre Lebenszeit ist längst abgelaufen«, antwortete Erasmus.

Russell sah zufrieden auf die Pfütze, die sich um die Eisblöcke herum gebildet hatte. »Es scheint, als würde es im ganzen Haus tauen.«

Er hatte recht. Es tropfte von der Decke, und das Eis auf dem Boden wurde porös.

»Es wird ewig dauern, bis diese Blöcke geschmolzen sind«, sagte Johnny. »Das muss doch schneller gehen ...«

»Schon, aber wie?«, fragte Russell. Dann hatte er eine Idee. »Vielleicht kann Erasmus seine Rübe wieder so richtig zum Glühen bringen.«

»Anderer Vorschlag«, knurrte der Schädel. »Warum dreht ihr nicht einfach die Heizung auf?«

Überrascht sahen die Geisterjäger den Schädel an. »Und das geht?«, fragte Johnny.

»Natürlich. Spuk-Eis reagiert auf Wärme äußerst empfindlich. Ihr habt es doch erlebt. Sobald die Gräfin besiegt war, fing die ganze Bude an aufzutauen. Mit einer Heizung und ein paar Wärmflaschen ließe sich dieser Vorgang beschleunigen!«

Johnny sah seine Freunde an. »Ihr habt es gehört. Wir schwärmen aus und drehen sämtliche Heizungen im Haus auf.«

Und so wurde es gemacht. In manchen Zimmern stand das Schmelzwasser bald so hoch, dass die Geisterjäger nasse Füße bekamen. Aber das kümmerte die drei herzlich wenig.

»Was ist mit den Mädchen?«, fragte Johnny.

»Wir könnten sie in die Küche schieben und den Ofen anheizen«, überlegte Russell.

»Gute Idee!«

»In meiner Kammer steht ein Heizstrahler«, sagte Millie.

Johnny starrte sie an wie eine Erscheinung. »Das ist es!«, rief er. »Ich könnte mithilfe der Bürste, die die Gräfin Trudi abgenommen hat, ruckzuck dort und wieder zurück sein.«

»Ich begleite dich«, sagte Millie. »Vielleicht können wir im Schloss auch noch einen Stapel Wärmflaschen auftreiben.«

»Russell, setz schon mal das Wasser auf!« Johnny war geradezu euphorisch.

»Ich soll alleine in diesem Eishaus bleiben?! Geht's noch?!«

»Ich bleibe bei dir und leiste dir Gesellschaft.« Erasmus klapperte munter mit den Zähnen.

»Na klasse!«, schnaubte Russell.

Mit vereinten Kräften schoben sie die Mädchen in die Küche. Die steckten zwar, genau wie der Graf, im Eis fest. Doch das hinderte sie nicht daran, die Geisterjäger allein durch ihre Blicke zu beschimpfen. Sie starrten böse, blinzelten, schielten, verdrehten die Augen, und Larissa schaffte es sogar, ihnen die Zunge herauszustrecken. Millie wurde die Sache irgendwann zu bunt. Entnervt warf sie ein Handtuch über den Eisklotz, in dem Larissa steckte.

»Beeilt euch!«, flehte Russell. »Ich habe Angst, dass ihre Eisklötze auftauen, bevor ihr wieder zurück seid.«

»Wir tun unser Bestes«, versprach Johnny.

Gemeinsam mit Millie lief er zurück in die Eingangshalle und suchte nach der Bürste, die die eisige Gräfin Trudi abgenommen hatte.

»Da ist sie!«, rief Millie. Zu zweit stellten sie sich in das Pentagramm und fuhren sich nacheinander damit durch die Haare. Und während Russell im Eishaus den Wasserkessel auf den eisernen Herd stellte, landeten Johnny und Millie unsanft auf dem Boden in Millies Kammer.

»Gott sei Dank seid ihr wieder da! Ich dachte schon, die eiskalte Gräfin hätte euch auch noch geholt.«

»Anton!«, rief Johnny erschrocken und sprang auf die Beine. »Was machst du denn hier?«

»Auf euch warten«, antwortete Anton. »Der alte Mann, den sie in Innsbruck aufgegriffen haben, war nicht mein Großvater.«

»Natürlich nicht ... Wir haben deinen Großvater nämlich gefunden.«

»Im Ernst?« Anton sah Johnny mit großen Augen an.

Millie gab Johnny einen Knuff. Aber Johnny war das egal. »Anton ist unser Auftraggeber. Er hat ein Recht zu erfahren, was los ist.«

»Und was ist mit meinem Großvater los?«

»Es geht ihm gut. Und Sebastian auch. Wir müssen die beiden ... na ja ... wir müssen sie bloß noch auftauen.«

»Auftauen?!«, rief Anton.

»Pst!«, Johnny legte ihm die Hand auf den Mund und erzählte ihm die ganze Geschichte.

»Alles klar!«, nickte Anton, nachdem er Bescheid wusste. »Ich komme mit und helfe euch.«

Johnny und Millie zögerten einen Moment. Dann nickten sie ebenfalls. »Okay. Vielleicht kannst du ein paar Wärmflaschen besorgen?«

»Kleinigkeit!«, sagte Anton und sauste davon. Wenig später war er wieder zurück. Mit einem Fön in der Hand und sieben Wärmflaschen unter dem Arm stolperte er in Millies Kammer.

Zu dritt betraten sie das Pentagramm und teleportierten zurück ins Schloss. Und diesmal passte Johnny auf, dass ihm die Bürste nicht wieder aus der Hand gerissen wurde.

21. Kapitel

Föhnfrisuren

Russell stand in der Küche und erhitzte drei Wasserkessel auf dem gusseisernen Herd. Als Johnny, Millie und Anton hereinkamen, konnten sie ihn durch all den Wasserdampf, der vom Boden und aus den Kesseln aufstieg, kaum erkennen.

»Russell!«, rief Johnny in die Dampfschwaden.

»Bei der Arbeit!«, antwortete Russell und tauchte wie ein Geist aus dem Dunst vor ihnen auf. »Oh, hallo, Anton! Was machst du denn hier?«

»Ich will euch helfen, meinen Großvater aufzutauen. Wo ist er?«

»Er und Sebastian sind nebenan. Aber seht euch mal die Mädchen an. Levinia kann schon ihren Mittelfinger bewegen.« Er grinste. »Lange kann es nicht mehr dauern, bis sie vollständig aufgetaut sind.«

»Okay. Ich lasse dir die Wärmflaschen hier. Für die Heizstrahler ist es in der Küche zu nass. Das könnte gefährlich werden«, sagte Johnny.

»Jetzt komm schon!«, drängelte Anton. »Ich will zu meinem Großvater.«

Mit Heizstrahler und Föhn bewaffnet betraten Millie, Johnny und Anton den Festsaal. Im ersten Moment blieb Anton erschrocken in der Tür stehen. Durch die Heizung waren die kleineren Blöcke bereits aufgetaut. Und von dem Dachs war nicht viel mehr übrig geblieben als ein Häufchen Staub.

»Er muss wirklich ziemlich lange darin gesteckt haben«, sagte Millie.

»Kann das meinem Großvater und Sebastian auch passieren?«, fragte Anton ängstlich.

Aber Johnny beruhigte ihn. »Nein, keine Sorge. Die zwei sind immer noch quicklebendig. Bist du bereit, Millie? Dann heizen wir den beiden mal kräftig ein!«

Millie suchte nach zwei Steckdosen und richtete den Heizstrahler auf die beiden Männer, während Johnny nach dem

Föhn griff. Er stellte ihn auf die höchste Stufe und föhnte den Grafen aus dem Eis, dass es nur so tropfte. Ab jetzt konnten die Geisterjäger dabei zusehen, wie das Eis um sie herum schmolz.

Sebastian strengte sich ganz besonders an, den eisigen Panzer, der ihn gefangen hielt, zu durchbrechen. Zuerst bewegte er seine Hände, dann versuchte er sich aufzurichten. Und plötzlich fing das Eis an zu knistern und zu knacken, bis es schließlich in tausend Stücke zersprang.

»Sebastian!«, rief Anton und umarmte den Chauffeur seines Großvaters stürmisch. »Du bist ja noch eiskalt.«

»T…t…t…tut m…m…mir l…l…leid«, bibberte Sebastian. Er war ganz steif gefroren.

»Wir bringen dich gleich zu Russell in die Küche. Da kannst du dich aufwärmen«, sagte Anton und wandte sich seinem Großvater zu.

Der alte Mann wackelte mit der Nase, bewegte die Finger und blinzelte seinem Enkel zu. Dank des Föhns konnte man zusehen, wie das Eis immer weniger und Anton immer glücklicher wurde. Dann bekam der Eispanzer erste Risse und fiel schließlich ganz vom Grafen ab.

Anton umarmte seinen Großvater stürmisch. »Wie schön, dass du wieder da bist!«

Gemeinsam halfen sie den Männern in die Küche. Hier war es herrlich warm. Russell schob den beiden einen Stuhl hin und reichte ihnen eine Wärmflasche und eine Tasse mit heißem Wasser. »Tee ist leider aus«, sagte er lächelnd.

Johnny behielt währenddessen die Mädchen im Auge, von denen das Tauwasser nur so heruntertropfte.

»Hatte ich eine Angst, dass sie auftauen, bevor ihr wieder zurück seid. Ich glaube, die Mädchen sind stinkwütend«, zischelte Russell.

»Wo ist Erasmus?«, flüsterte Johnny.

Russell deutete auf seine eigene Kapuze. »Ich wusste nicht, wie viel die Mädchen in ihren Eiswürfeln mitkriegen. Deshalb habe ich den Klapperkopf tief in meiner Kapuze versteckt. Er meint übrigens, die Tiefgekühlten könnten sich nicht daran erinnern, was mit ihnen passiert ist. Das stand angeblich in dem seltsamen Buch.«

»So ist es«, knurrte es aus Russells Kapuze.

In diesem Moment fiel der Eispanzer mit einem Krachen von dem ersten Mädchen ab, es folgte der zweite, und schließlich waren sie alle wieder frei.

»Was war das denn?!«, riefen sie durcheinander. Levinia schüttelte ihre Locken, die genau wie ihre Kleidung absolut trocken waren, und blickte auf die Wasserpfütze zu ihren Füßen. »W... W... War das eine Frischzellenkur? Es hat sich angefühlt, als würde ich in einer Kältekammer stecken.«

»Ist dir aber gut bekommen«, klapperte Larissa. »Du siehst so frisch aus wie der Plumpudding in Baburs Bazar.«

»Danke.« Levinia versuchte ein steifes Lächeln. »Du siehst auch drei Jahre jünger aus.«

»Drei Jahre? Dann wäre ich ja nicht mal so alt wie Trudi!«, empörte sich Larissa.

Nur Trudi schob weinerlich die Unterlippe vor. »Mir ist kalt, und meine Bürste ist auch weg!«, bibberte sie.

Russell drückte ihnen einen Becher mit heißem Wasser in die Hand, und Millie versorgte die Mädchen mit Wärmflaschen.

»Danke!«, flüsterte Trudi. Dann sah sie sich um. »Wo sind wir hier eigentlich?«

»Wo wir genau sind, kann ich dir leider nicht sagen. Aber die Bürste, die ist hier!« Johnny hielt die Haarbürste in die Höhe.

»W...Wir befinden uns im Jagdschloss der Gräfin. Ich war ewig nicht mehr h...hier«, meldete sich der Graf zu Wort. So dicht vor dem Herd fühlte er sich sofort bedeutend wohler.

»Habt ihr eine Ahnung, wie ihr hierhergekommen seid?«, fragte Millie so harmlos wie möglich.

Levinia, Larissa und Trudi sahen sich an und schüttelten den Kopf. »Ich glaube, es hat etwas mit der Bürste zu tun«, überlegte Trudi. »Das Letzte, woran ich mich erinnere, ist, dass ich mir die Haare gekämmt habe.«

»Sie hat recht!«, riefen jetzt Levinia und Larissa. »Wir waren vor dem Zimmer der Geisterjägerin und haben beobachtet, wie ihr euch in diesem Hexenkreis die Haare gekämmt habt. Und dann wart ihr plötzlich verschwunden.«

»Genau!«, rief Trudi, der nun alles wieder einfiel. »Levinia hat gesagt, wir sollen es genauso machen. War das Zauberei?«

Die Geisterjäger wechselten einen kurzen Blick. »Zauberei war es nicht«, sagte Johnny. »Es war … es war …«

»Ein magisches Portal«, kam Russell ihm zu Hilfe. »Wir Geisterjäger benutzen diese Straßen zwischen Diesseits und Jenseits andauernd.«

»Sind wir etwa im Jenseits?«, erkundigte sich Levinia alarmiert.

»Nein, keine Sorge«, sagte Johnny schnell. »Der Rachegeist, mit dem wir es diesmal zu tun hatten, konnte mit der Vergangenheit nicht abschließen. Er war sozusagen in ihr gefangen.«

»Richtig«, lächelte Millie. »Und wir haben ihm den Ausgang gezeigt.«

»Und was war mit uns, während ihr dem Geist den Ausgang gezeigt habt?«, erkundigte sich Trudi.

»Ihr habt so lange in ein paar Eiswürfeln gechillt!«, grinste Russell.

»Wir haben was?!«, rief Levinia.

»Ihr habt gechillt!«, beruhigte sie Russell.

»Nein, du hast das Wort Eiswürfel benutzt«, beharrte Larissa.

»Hab ich das?«, tat Russell erstaunt.

»Er hat damit gemeint, dass ihr auf ein paar Eisklötzen gesessen habt, während wir beschäftigt waren«, erklärte Millie. »Eure Hintern müssten eigentlich noch eiskalt sein.«

»Mir ist überall kalt«, jammerte Trudi.

»Mir auch«, murmelte Levinia und gab sich mit der Erklärung erst mal zufrieden.

Johnny sah auf die Uhr. »Wenn sich alle wieder einigermaßen bewegen können, schlage ich vor, dass wir uns auf den Rückweg machen. Dieser alte Kasten ist jedenfalls geisterfrei. Und wenn hier jemand endlich wieder Licht reinlässt, ist die eiskalte Gräfin schnell vergessen.«

»Vielen Dank, mein Junge«, sagte der alte Graf und stand auf. »Dann lasst uns jetzt ins Schloss zurückkehren.«

»Über das Portal geht's am schnellsten«, schlug Johnny vor.

»Au ja!« Trudi lächelte zaghaft. »Und diesmal merke ich mir alles ganz genau.«

»Merken darfst du dir alles. Darüber reden ist Geisterjägern allerdings strengstens verboten. Und ihr könnt doch schweigen, oder?«

Trudi tat, als würde sie ihren Mund mit einem unsichtbaren Schlüssel abschließen. »Logisch!«, sagte sie, und ihre Schwestern nickten.

22. Kapitel

Oh, du fröhliche

Es polterte ganz abscheulich, als sie in der kleinen Kammer auf den Boden plumpsten. Sebastian hatte es sofort im Kreuz, und der alte Graf brauchte eine Weile, bis alle Knochen seines Körpers wieder an Ort und Stelle waren. Doch dann sah er lächelnd in die Runde. »Ihr seid wirklich großartige Geisterjäger! Kein Wunder, dass alle Zeitungen über euch berichten.« Er wandte sich an seinen Enkel. »Sag deinen Eltern, dass ich sie in meinen Privaträumen erwarte.«

»Mach ich!«, rief Anton und flitzte sofort los.

»Und ihr sollt auch dabei sein!« Der Graft verließ die Dachkammer, und die Geisterjäger, Sebastian und die Mädchen folgten dem alten Mann in sein Wohnzimmer.

»Setzt euch!«, forderte er sie auf und zog sich eine dicke Strickjacke über. »Von der Geisterjagd brauchen eure Eltern und auch sonst niemand etwas zu erfahren. Das würde sie bloß beunruhigen.«

»Natürlich nicht«, versicherte Johnny.

»Wir halten dicht!«, versprachen auch die Mädchen.

»Ich kann mich sowieso nur an zwei veilchenblaue Augen erinnern«, murmelte Larissa.

»Sehr schön. Wenn euch jemand fragt, sagt ihr am besten ...«

Weiter kam der Graf nicht. Denn in diesem Moment flog die Tür auf, und Antons und Johnnys Eltern stürmten herein.

»Vater!«

»Onkel Albert!«

»Sebastian!«, riefen alle wild durcheinander. Die Erleichterung stand ihnen ins Gesicht geschrieben, als sie den Grafen und Sebastian zwischen den Kindern entdeckten.

»Ihr macht Sachen! Ihr habt uns ganz schön in Atem gehalten! Wo habt ihr gesteckt?«

»Ich habe mich auf der Suche nach Sebastian verlaufen!«, antwortete der alte Graf und zwinkerte den Kindern und seinem Chauffeur zu.

»Du hast dich nachts allein auf die Suche nach Sebastian gemacht?«, wunderte sich sein Sohn.

»Du hast recht. Es war dumm. Ich hätte jemandem Bescheid sagen sollen. Und es ist ja auch gründlich schiefgegangen. Ich wurde von einem Schneesturm überrascht und habe mich in das leerstehende Jagdschloss geflüchtet. Ja, und was soll ich euch sagen, Sebastian war schon vor mir da ...«

»So ist es!«, bestätigte der Chauffeur.

Antons und Johnnys Eltern sahen sich verwundert an. Sie wussten nicht so recht, ob sie die Geschichte glauben sollten.

»Wir waren komplett eingeschneit!«, beteuerte der Graf. »Und wer weiß, wie lange wir dort festgesessen hätten, wenn diese wunderbaren Kinder nicht vorbeigekommen wären und uns gerettet hätten.«

»Hm, und ihr?« Johnnys Vater zeigte auf die Kinder. »Wurdet ihr auch von einem Schneesturm überrascht, oder wie habt ihr Onkel Albert und Sebastian gefunden?«

»Nein, Dad, wir sind ausnahmsweise in keinen Schneesturm geraten«, erklärte Johnny. »Aber Millie ist eine prima Fährtenleserin. Alles andere war ein Klacks.«

»Wirklich?« Auch Antons Eltern sahen nicht besonders überzeugt aus.

Da ergriff Johnnys Mutter das Wort. »Egal, was passiert ist. Onkel Albert und Sebastian sind wieder zu Hause. Alle sind wohlauf. Und das ist doch das Wichtigste!«

»Du hast recht. Lasst uns jetzt zu den anderen gehen und ihnen die frohe Nachricht überbringen!«, sagte Antons Vater.

»Apropos frohe Nachricht«, lachte Russell. »Morgen ist Heiligabend! Jetzt werden es doch noch fröhliche Weihnachten.«

Als die Geisterjäger später zusammen in Johnnys und Russels Zimmer saßen, zog Millie die Bürste aus ihrer Jackentasche und drehte sie nachdenklich in der Hand. »Ob wir die vielleicht zur Geisterjagd gebrauchen können?«

»Auf keinen Fall!«, rief Erasmus. »Ihr müsst die Bürste vernichten. Sie ist gefährlich und voll von schlechter Energie. Ihr müsst sie ins Feuer werfen. Flammen haben eine reinigende Kraft. Und in der Bibliothek knistert gerade so ein reinigendes Feuer.«

»Wisst ihr, was ich mich die ganze Zeit frage?«, sagte Johnny. »Ich frage mich, ob es vielleicht gar nicht das Taschentuch, sondern die Bürste war, durch die die Gräfin ins Schloss gelangen konnte. Veilchen hin oder her.«

»Dasselbe habe ich auch schon gedacht«, bestätigte Russell eifrig.

»Die Bürste kam auf jeden Fall erst nach euch ins Schloss«, sagte Millie. »Frau Bergammer hat mir erzählt, dass eine Cousine des Grafen sie mitgebracht hätte.«

»Wenn das stimmt, ist die Sache klar!«, klapperte der Schädel. »Die Bürste war ihre Eintrittskarte ins Schloss.«

»Logisch!« Johnny schlug sich gegen die Stirn. »Das Spitzentaschentuch, auf das Russell so scharf war und das er die ganze Zeit mit sich herumgeschleppt hat, gehörte der Gräfin gar nicht. Obwohl ihr Name und die Veilchen ganz wunderbar zusammengepasst hätten.«

Russell grinste. »Genau, und deshalb konnte sie auch den Grafen vereisen, obwohl wir das Tuch längst aus dem Schloss gebracht hatten.«

»Aber warum hing es dann im Baum?«, überlegte Johnny.

»Ich schätze, das war nichts weiter als ein kleiner, böser Scherz. Auch Geister haben manchmal Humor«, lachte Erasmus. »Und jetzt lasst uns die Bürste vernichten! Wenn mich meine Gehörgänge nicht getäuscht haben, hat Frau Bergammer gerade zum Abendessen geläutet. Die Bibliothek dürfte also leer sein. Wenn ihr euch beeilt, schafft ihr beides. Die Bürste in den Flammen zu vernichten und rechtzeitig zum Abendessen zu kommen. Es gibt Kloß mit Soß.«

Die Bibliothek war tatsächlich leer, und im Kamin knisterte ein lustiges Feuer.

Johnny, Millie und Russell stellten sich davor und sahen sich an. »Ich bin stolz auf euch!«, sagte Johnny. »Und jetzt wirf die Bürste ins Feuer, Millie. Damit wir den Fall ein für alle Mal abschließen können.«

Millie zögerte keine Sekunde. Sie warf die Bürste in die Flammen, und die drei Geisterjäger zuckten erschrocken zurück, als eine blaue Stichflamme aus dem Kamin leckte. Es knisterte, heulte und brauste ganz abscheulich. Und für einen Moment drohte das Feuer unter dem schweren Rauch zu ersticken. Doch dann gewannen die hellen Flammen die Oberhand. Und wenig später war die Haarbürste der Gräfin Vergangenheit.

Einen Moment schauten die Geisterjäger noch in die hellen Flammen.

Dann rieb sich Russell den Bauch. »Wisst ihr, worauf ich jetzt richtig Appetit habe?«

»Auf Kloß mit Soß?«, fragte Johnny grinsend.

»Woher weißt du das?«

»Johnny ist eben ein Hellseher!«, lachte Millie.

Sabine Städing liebt es, mit ihren Figuren in die unterschiedlichsten Welten abzutauchen. Die gebürtige Hamburgerin hat sich schon als Kind gern Geschichten ausgedacht und schreibt inzwischen erfolgreich für Kinder und Jugendliche. Nicht nur ihre Bücher rund um die kleine Hexe Petronella Apfelmus haben viele Fans. Mit Johnny Sinclair hat sie sich zum mittlerweile dritten Mal auf Geisterjagd begeben.

Mareikje Vogler, geboren 1981, machte eine Ausbildung zur Mediengestalterin und arbeitete mehrere Jahre in der Werbung. Später studierte sie an der Animation School in Hamburg Trickfilm und ist seit 2012 freiberuflich als Illustratorin und Designerin tätig. Mareikje Vogler lebt und arbeitet in Hamburg.

Das Geisterjägerdiplom

Du bist ein furchtloser und mutiger Held, der vor nichts und niemandem zurückschreckt? Du glaubst, du hast das Zeug zu einem echten Geisterjäger? Dann stelle dich der Prüfung zum Geisterjägerdiplom!

Lektion 1: Deine besondere Fähigkeit

Jeder Geisterjäger hat eine besondere Fähigkeit, die nur er oder sie allein besitzt. Millie zum Beispiel hat ein ausgezeichnetes Gehör! Was kannst du so richtig gut? Erstelle eine Liste von Dingen, in denen du ein Held bist, oder denke dir tolle Eigenschaften aus. Wähle am Ende eine Fähigkeit, die dich als Geisterjäger einzigartig macht.

Darin bin ich richtig gut ...

....

....

....

Das würde ich gerne können ...

im Dunkeln sehen ....

....

....

Das ist meine besondere Fähigkeit:

....

Lektion 2:
Konzentration!

Eine einzigartige Fähigkeit macht noch lange keinen guten Geisterjäger aus! Viel wichtiger ist es, in Stresssituationen nicht die Nerven zu verlieren.
Konzentriere dich und bringe Ordnung in das Chaos. Welches Wort verbirgt sich hinter den Buchstaben?

HSANLOZR ....

BGTTTANEER ....

ÄNNHHEDC ....

SLCBHNMEEOI ....

GPEMNTMARA ....

NJYOHN ....

Um diese Worte entziffern zu können, benötigst du einen Oculus … oder einen Spiegel.

LLESSUR ....

LETUEBEET ....

NIFÄRG ....

EILLIM ....

NELLONKHCUALBONK ....

RUTNEGAREGÄJRETSIEG ....

Falls dein Oculus einen Wackelkontakt hat (oder dein Spiegel beschlagen ist), kannst du die Lösungen auf Seite 222 nachschauen.

Lektion 3: Das Geisterhandbuch

Wie gut kennst du dich mit Geistern aus? Zeig, was du draufhast, und trage zu jedem Buchstaben einen Geist ein. Nimm dir die *Johnny Sinclair*-Bücher zu Hilfe, oder erfinde einfach neue Geister!

A ....

B ....

C ....

D ....

E ....

F ....

G ....

H *Der Highlander*..............

I ....

J ....

K ....

L ....

M ....

N ....

O ....

P ....

Q ....

R ....

S ....

T *Tommy Drum*..................

U ....

V ....

W ....

X ....

Y ....

Z ....

Lektion 4:
Kleiner Zwischentest

Nun kennst du alle Geister. Zeit, dass du sie einmal aus nächster Nähe siehst. Du hast doch wohl keine Angst? Geisterjäger dürfen auf gar keinen Fall (höchstens ein kleines bisschen) Angst vor Geistern haben!

Zähle die Geister im Bild und schreibe die Zahl hier auf:

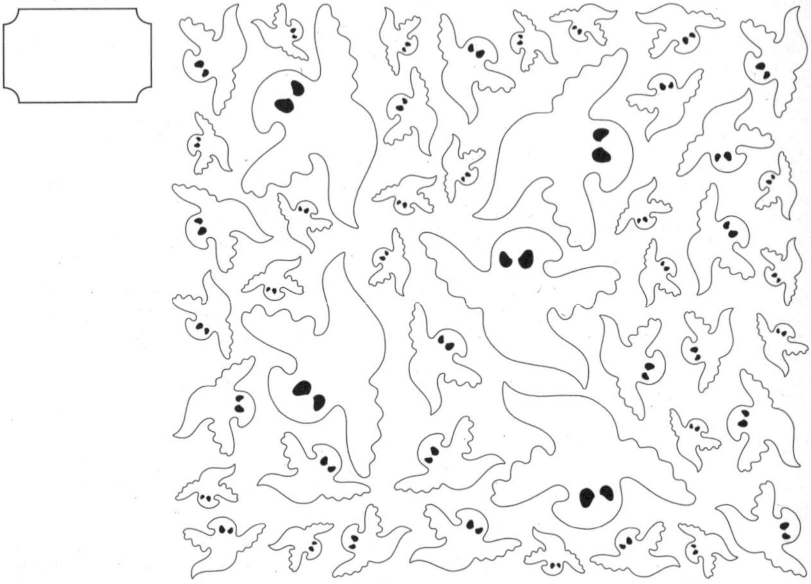

Ist dir schon ganz schwummrig?
Die Lösung findest du auf Seite 222.

Lektion 5: Deine Ausrüstung

Du hast schon eine Menge drauf, fehlt nur noch die passende Ausrüstung. Salz und Lavendel retten den Geisterjäger aus jedem Schlamassel und dürfen auf gar keinen Fall fehlen!

Aufgabe 1:

Such dir Salz und Lavendel zusammen. Finde passende Gefäße dafür und befestige sie zum Beispiel an deinem Gürtel.

Um wirklich für jeden Kampf gewappnet zu sein, brauchst du nun noch eine einzigartige Waffe.

Aufgabe 2:

Denke dir eine Zahl zwischen 1 und 70, und schlage ein beliebiges Buch (nicht dieses hier) auf deiner gedachten Seitenzahl auf. Der erste Gegenstand, den du auf dieser Seite liest und den man in einer Hand halten kann, ist deine Waffe.

Aufgabe 3:

Denke dir nun eine Zahl zwischen 71 und 150, und schlage ein anderes Buch auf deiner gedachten Seitenzahl auf. Finde ein passendes Adjektiv auf dieser Seite, das deine Waffe näher beschreibt.

Meine Waffe ist der/die/das

_______________ _______________

(Adjektiv) *(Gegenstand)*

Aufgabe 4:

Zeichne deine Waffe.

Lektion 6:
Dein treuer Gefährte

Es ist nicht leicht, einen treuen Gefährten zu finden. Johnny könnte sich seine Missionen ohne Russell, Millie oder Erasmus als Gehilfen und Ratgeber gar nicht mehr vorstellen. Wer wird dein Gefährte sein? Dein Hund, dein bester Freund oder vielleicht ein sprechender Rucksack? Wähle weise!

Aufgabe 1:
Schau dich um: Das erste Lebewesen, das dir entgegenkommt, wird dein Gefährte sein.

Es ist ein/e: ....

Er/sie/es heißt: ....

Das macht ihn/sie/es zum perfekten Gefährten: ....

Lektion 7:
Stelle dich dem Kampf!

Bestens vorbereitet und gewappnet hast du deinen ersten Geist ausfindig gemacht. Doch – oh nein! – er will gar nicht kämpfen! Stattdessen stellt er dir knifflige Fragen, die du beantworten musst, um ihn zu bezwingen. Welche Antwort ist die richtige? Bist du der Aufgabe gewachsen?

Frage 1: Wer treibt, wenn die kalten Raunächte kommen, am Himmel sein Unwesen?

a) Der Highlander
b) Die wilde Jagd
c) Die Nordlichter

Frage 2: Wen sieht Johnny eines Nachts ums Schloss schleichen?

a) Den alten Graf Tattenberg

b) Millie, die ihnen heimlich aus Schottland gefolgt ist

c) Zwei Frauen, die ihre Kapuzen tief ins Gesicht gezogen haben

Frage 3: Warum muss der Notarzt zum Schloss kommen?

a) Onkel Munk wäre beinahe erfroren.

b) Russell ist beim Snowboarden gestürzt und hat sich einen Arm gebrochen.

c) Graf Tattenberg wurde von einem Geist fast zu Tode erschreckt.

Frage 4: Was geschah damals mit der Gräfin?

a) Ihre große Liebe brach ihr das Herz.

b) Man sperrte sie ins Verlies.

c) Sie verschwand zusammen mit ihrer Zofe.

Frage 5: Was passiert mit den Menschen, die von der Gräfin berührt werden?

a) Sie zerfallen zu Staub und werden vom Winde verweht.

b) Sie bekommen Frostbeulen oder erstarren zu einem Eisblock.

c) Sie verlieben sich augenblicklich in sie und handeln nach ihrem Willen.

Frage 6: Die Gräfin konnte sich trotz aller Vorkehrungen immer wieder Zugang zum Schloss verschaffen. Warum?

a) Weil ihre Zofe die ganze Zeit über im Schloss war und ihr half, ins Schloss zu kommen.

b) Ihre alte Bürste lag noch im Schloss. Diese ist eine Art Portal, durch die die Gräfin ins Schloss gelangen kann.

c) Die Freunde hatten ein kleines Schlupfloch übersehen, durch welches die Gräfin ein und ausgehen konnte.

Geschafft!

Der Geist ist bezwungen! Während er seine Niederlage eingestehen musste, hast du die Gelegenheit genutzt und schnell ein kleines Fläschchen hervorgeholt. Dank deiner Waffe und ein wenig Salz konntest du ihn einfangen und für immer unschädlich machen. Damit hast du dir dieses Diplom redlich verdient und darfst fortan mit Johnny Sinclair auf Geisterjagd gehen.

Lösungen:

LEKTION 2: *Salzhorn – Tattenberg – Händchen – Schneemobil – Pentagramm – Johnny Russell – Teebeutel – Gräfin – Millie – Knoblauchknollen – Geisterjägeragentur*

LEKTION 4: *47 Geister*

LEKTION 7: *1 – b; 2 – c; 3 – a; 4 – c; 5 – b; 6 – b*

Geisterjägerdiplom

Du hast dich in allen wichtigen Lektionen als würdig erwiesen,
den Titel Geisterjäger zu tragen.
Du behältst in jeder Situation einen kühlen Kopf und kennst dich
ausgezeichnet mit allen Arten von Geistern aus.

Name: ____________________

Beruf: Geisterjäger

Alter: ____________________

Größe: ____________________

Stärkste Eigenschaft: ____________________

Einzigartige Waffe: ____________________

Bester Weggefährte: ____________________

Bereits gefangene Geister: ____________________

Gezeichnet:
Johnny Sinclair
Geisterjäger

ATLANTIK
GREYMAN CASTLE
CHURCHMOOR
MRS ADAMS' HAUS
SCHULE
BLACKTOOTH
HOTEL
RUSSELLS HAUS